글삶 장편 소설

FUSION FANTASTIC STORY

세상을 다 가져라

GET ALL THE WORLD

세상을 다 가져라 2권

글삶 장편 소설

초판 1쇄 찍은 날 § 2014년 2월 12일
초판 1쇄 펴낸 날 § 2014년 2월 23일

지은이 § 글삶
펴낸이 § 서경석

편집부장 § 권태완
편집책임 § 이창진

펴낸곳 § 도서출판 청어람
등록번호 § 제387-1999-000006호
등록일자 § 1999. 5. 31
어람번호 § 제1-2058호

주소 § 경기도 부천시 원미구 부일로 483번길 40 서경B/D 3F (우) 420-822
전화 § 032-656-4452 팩스 § 032-656-4453
http://www.chungeoram.com
E-mail § chungeorambook@daum.net

CONTENTS

세상을
다가져라
GET ALL
THE WORLD

제8장

한진테크

한성진이 혼자서 일구어온 한진테크는 전체 지분의 67퍼센트를 한성진이 가지고 있었다.

혁준은 8천만 원을 주는 조건으로 한성진이 가진 지분을 모두 양도받았다. 뿐만 아니라 자동차 공기조화 제어장치의 특허권을 한성진과 공동 명의로 하기로 했다.

사실 한진테크의 지분보다 특허권에 더 욕심이 간 것이 사실이고, 한성진도 그 기술이 세상에 나오게만 해준다면 아무것도 바라는 게 없다고 했지만 차마 그의 생명과도 같은 기술을 한입에 몽땅 다 털어 넣을 수가 없었다.

더구나 지분만 양도받았다 뿐이지 한진테크의 사장은 여전히 한성진이었다. 그만한 권리도 주지 않고 껍질째 벗겨 먹는다면 노동의 효율도 떨어질뿐더러 부리는 사람의 도리도 아니었다.

'게다가 한진테크의 지분만 해도 그렇게 만만한 것은 아니니까.'

아니, 실질적으로 가장 큰 이득이 되어 돌아오는 것은 한진테크의 지분이었다. 아무리 대단한 특허권이라고 해도 그로 인해 벌어들이는 기업의 전체 수익에는 비할 바가 아니니까.

자동차 공기조화 제어장치가 실용화되어서 세상에 나오는 순간부터 한진테크의 가치는 천정부지로 뛸 것이다. 당연한 수순으로 주식 상장까지 될 것이고, 그리 되면 혁준이 가진 지분은 단숨에 수백억을 호가하게 될 것이 분명했다.

뿐이랴.

혁준에게는 그것을 다시 몇십 배, 몇백 배로 뻥튀기할 비책이 있었다.

그리해 혁준은 변호사의 공증을 받아 한성진이 가진 지분을 모두 양도받는 한편으로 휴지 조각이 되어 장외 시장에 떠돌고 있는 한진테크의 남은 지분까지 깡그리 다 긁어모았다.

그리고 곧장 바보 삼형제를 찾아갔다.

"자동차 공기조화 제어장치요?"

"그걸 만든 회사를 쭌이 형님이 사들였다고요?"

"지금은 초기 모델이니까 미래 기술을 접목해서 좀 더 개량해 볼 수 없냐고요?"

갑자기 여관방으로 찾아와서는 회사 하나를 인수했다며 대뜸 자동차 공기조화 제어장치 얘기를 꺼내는 혁준을 보며 황당해하는 바보 삼형제다.

"당연히 안 되죠!"

"자동차는 우리 전문 분야가 아니라고요."

"그런 건 차라리 우리보다 그쪽 방면의 전문가를 섭외하는 게 훨씬 나을걸요."

그쪽 방면의 전문가라면 한성진만 한 사람이 없다. 그리고 한성진이 자신의 모든 역량을 다 퍼부어서 만들어낸 게 지금의 공기조화 제어장치다. 그러니 그에게 지금 당장 그 이상의 짓을 요구하는 것은 갓 알에서 깬 병아리한테 날샷을 기대하는 것이나 다름없었다.

"그래도 니들은 미래 지식이 있잖아. 잘 생각해 보면 접목시킬 수 있는 기술이 좀 나오지 않겠어?"

"미래 지식도 미래 지식 나름이라니까요. 공기조화 제어장치에 대해서 뭘 알아야 개량을 하든 개발을 하든 하죠."

"그럼 지금부터라도 공부하면 되잖아."

"공부를 하라고요? 지금부터요? 지금부터 공부해서 그걸 어느 세월에 해요?"

"처음부터 공부하라는 게 아냐. 니들 정도면 5년 후, 10년 후에 그 기술이 어떻게 발전되어 가는지 그 맥만 알면 응용이야 얼마든지 할 수 있잖아."

"그러니까 5년 후, 10년 후에 그 기술이 어떤 식으로 발전되어 가는지 그걸 어떻게 아냐고요. 그쪽 방면은 우리 전문 분야가 아니라니까요."

"학술 논문 같은 거면 어때?"

"학술 논문이요? 뭐 제대로 된 논문이면 개념이야 잡을 수 있겠죠."

"아니, 지금 거 말고 5년 후, 10년 후의 학술 논문이면? 논문뿐만 아니라 거기에 관련된 기사나 기술지 같은 걸 싹 긁어모아 주면?"

혁준의 말에 바보 삼형제가 어리둥절해한다.

"쭌이 형님, 우리가 살고 있는 건 1992년이에요. 아무리 우리가 미래에서 왔다고 해도 진짜 타임머신이라도 있지 않은 다음에야 그런 걸 어떻게 구해요?"

"그러니까 구할 수 있다면 가능하냐고 묻고 있는 거잖아."

"그야 그런 걸 구할 수만 있다면 못할 건 없죠. 어떤 원리인지, 어떻게 발전되어 가는지 그 맥만 알면 당연히 뭘 어떻게 접목시켜야 효율적인지 정도야 딱 떠오를 테니까. 솔직히 말해 말이 응용이고 개량이지 우리한텐 그냥 보고 베끼는 거랑 똑같을걸요. 십 년 아니라 일 년이면 강산도 변하게 하는 게 과학인데 준이 형님 말대로라면 우린 26년이나 앞선 과학지식을 가지고 있으니까요."

바로 혁준이 원한 대답이었다.

혁준은 곧바로 집으로 돌아와서 스마트폰을 뒤졌다.

자동차 공기조화 제어장치에 대한 모든 정보를 다 검색했다.

엄청나게 많았다.

기사, 논문, 학술지, 기술지, 과학지 등등. 너무 앞선 기술은 오히려 실용화하는 데 어렵고 번거롭기만 할 것 같아서 5년 이내의 기사만 검색했는데도 그 양이 어마어마했다.

그 많은 것을 옮겨 적으려니 아예 엄두도 안 났다.

'컴퓨터로 옮겨서 프린터로 뽑을 수 있으면 좋겠지만……'

하지만 컴퓨터랑 연결할 USB 선도 없는 데다 USB란 개념 자체가 없는 이 시대에 스마트폰과 호환이 되는 컴퓨터가 존재할 리 만무했다.

아무리 궁리해 봐도 녀석들에게 그 자료들을 직접 보여주는 것 말고는 달리 방법이 없었다. 그러자면 스마트폰의 존재를 알려야 한다.

'어쩔 수 없나?'

어쩔 수 없다.

이번뿐만 아니라 이제 본격적으로 사업을 시작하게 되면 앞으로 바보 삼형제의 지식과 기술력을 빌려 써야 할 일이 부지기수로 많을 터이다. 그때마다 스마트폰을 숨긴 채 일을 진행한다는 건 사실상 불가능했다.

'좀 걸쩍지근하지만······.'

역시 커밍아웃을 하는 수밖에 없었다.

'경마장에서부터 속인 걸 알면 단단히 삐칠 텐데······.'

다른 것보다 그들이 그에게 보여준 무한한 신뢰에 상처를 입히게 될지도 모른다고 생각하니 그게 제일 마음에 걸렸다.

'이럴 줄 알았으면 차라리 처음부터 다 말해버릴 걸 그랬어.'

후회는 항상 늦는 법이다.

지금은 그저 작금의 현실에서 자신이 할 수 있는 최선의 방법을 모색하는 수밖에 없었다.

그리해 다시 바보 삼형제를 찾아가 호기롭게 말했다.

"오늘은 니들이 원하는 거 전부 다 사줄 테니까 뭐든지 말만 해!"

혁준이 찾은 최선의 방법이었다.

녀석들을 배불리 먹이는 것.

맹수도 배가 부르면 초식동물처럼 온순해지게 마련이니까.

"아줌마, 여기 짜장면 하나 추가요!"

"탕수육도! 깐풍기도! 양장피도!"

"난 짬뽕!"

그동안 그리 못 먹인 것도 아니건만 그들의 소원대로 중국집에 들어오자마자 아주 걸신이라도 들린 듯이 먹어댄다. 아니, 이건 아예 흡입하고 있다고 해야 맞았다.

삽시간에 접시는 비어갔고, 그릇은 산처럼 쌓여갔다.

그런 그들을 보는 혁준의 마음은 무거웠다.

그로서는 이게 최선이긴 한데, 그래서 이렇게 신나하며 먹는 그들의 행복한 얼굴이 다행스럽기는 한데 과연 스마트폰의 존재를 말했을 때 어떤 반응을 보일지 걱정이 태산이다.

언젠가 생각하던 것처럼 물욕에 눈이 멀어서 스마트폰을 탐내지나 않을지, 믿음에 대한 배신으로 그들 사이의 깊은 신뢰가 한순간에 무너져 버리지는 않을지, 그로 인해 모든 걸 터놓고 말할 수 있는 일생의 동반자들을 한꺼번에 잃게 되지나 않을지…….

혁준이 그런 걱정들로 노심초사하는 사이 짜장면 여덟 그

룻과 짬뽕 세 그릇, 탕수육, 깐풍기, 양장피, 난젠완쯔에 팔보채까지 모두 섭렵하고는 그제야 잘 먹었다는 듯이 꺼억꺼억 트림을 해대는 바보 삼형제다.

그들의 행복한 얼굴을 보니 오히려 더 입이 떨어지지가 않았다.

그러나 지금이 최고의 적기였다.

지금을 놓치면 입을 떼기가 더 힘들어진다는 걸 너무나도 잘 알고 있다. 그리해 혁준은 마음을 단단히 먹고 그들 앞으로 스마트폰을 내밀었다.

난데없는 스마트폰의 등장에 녀석들의 눈이 휘둥그레졌다.

"쭌이 형님, 이게 뭐예요?"

"스마트폰을 가지고 오신 거예요?"

"그러니까 스마트폰까지 시간 이동이 된 거네요? 근데 이거 전원은 들어와요?"

녀석들의 질문이 쏟아졌다.

혁준은 녀석들의 질문이 끝나기를 기다렸다가 스마트폰에 대한 모든 것을 사실대로 말했다. 경마에서 돈을 딴 것도 사실은 분석이나 감이 아니라 스마트폰 덕분이었다는 것도, 한진테크를 인수한 것도 사실은 스마트폰으로 그 미래 가치를 확인했기 때문이라는 것도, 스마트폰을 이용해 주식을 하고 있고 그렇게 모은 자산이 현재 8억 정도 된다는 것까지도 이 왕지사 다 털어놓기로 한 거라 하나도 숨기지 않고 전부 말했다.

혁준의 설명이 이어지는 동안 바보 삼형제의 얼굴색이 시시각각으로 변했다.

혁준은 그게 과연 좋은 현상인지 나쁜 현상인지 갈피를 잡지 못했다. 마음이 불안하니 웃는 얼굴을 봐도 웃는 것 같지 않았고, 흥분으로 반짝이는 눈을 봐도 그게 과연 탐욕인지 아니면 순수한 호기심인지마저도 잘 구분이 되지 않았다.

하지만 그렇게 그의 이야기가 끝났을 때, 그리고 그동안 귀를 기울여 경청하고 있던 그들이 마침내 입을 열었을 때 혁준은 그에게 보내오는 시선이 신뢰를 저버린 자신에 대한 실망이나 질책이 아니란 것을 알았다. 스마트폰을 향해 던지고 있는 흥분으로 이글거리는 눈빛 또한 탐욕이 아니었다.

아니, 탐욕이긴 했다.

그가 생각했던 것과는 조금은 다른…….

"쭌이 형님!"

"……?"

"우리 그거 한번 열어봐요."

"…뭐?"

"스마트폰 한번 열어보자고요. 미래와 연결되어 있다는

게, 아니, 기체는 여기에 있는데 실제 존재하는 곳은 26년 후라는 게 상식적으로 말이 안 되잖아요. 그러니까 우리 이거 한번 분해해 봐요. 분해해서 제대로 연구해 봐요. 네?"

"……."

그랬다.

경마장에서 얼마를 땄든, 주식으로 얼마를 벌었든 그딴 것은 애초에 관심 밖인 그들이었다. 그들은 26년 후에도, 26년 전인 지금도 그저 과학밖에 모르는 과학 오타쿠였던 것이다.

조금 전까지 미안해하고 불안해하며 걱정한 것이 얼마나 부질없는 짓이었는지를 새삼 깨닫게 되는 혁준이다.

그렇게 허탈한 마음 한편으로는 가슴이 서늘해질 만큼 경각심이 들기도 했다.

'이 녀석들한테는 절대로! 네버! 스마트폰을 맡기면 안 돼!!'

그건 고양이한테 생선을 맡기는 것보다도 더 멍청하고 무모한 짓이었다.

한순간이라도 방심하게 되면 스마트폰은 산산이 분해되어 처참한 최후를 맞게 될 것이고, 그의 세계 정복의 꿈은 그걸로 끝이 날 것이다.

이 바보 삼형제는 능히 그러고도 남을 인간들이었다.

그리해 혁준은 공기조화 제어장치에 대한 자료를 보여줄

때도 손에서 스마트폰을 절대로 놓지 않았다. 학교를 가거나 자리를 비워야 할 때는 아예 모든 작업을 중단시켰고, 스마트폰이 꼭 필요한 작업에는 그가 반드시 대동했다.

그 때문에 시간은 훨씬 더 오래 걸렸지만 바보 삼형제에게 스마트폰을 맡길 바에야 차라리 그 정도의 손해는 감수하는 게 백배 천배 나았다.

그랬는데도 겨우 한 달 걸렸다.

고작 한 달 만에 공기조화 제어장치에 꼭 필요한 기술을 뚝딱 만들어 버리는 바보 삼형제였으니 오타쿠의 힘이란 실로 무시무시하다고 아니할 수가 없었다.

혁준은 그길로 바로 한성진과 약속을 잡았다.

"이게 뭐라고요?"

한성진이 혁준과 바보 삼형제를 번갈아 보며 황당해했다.

그 황당함 속에 깃든 것은 불신이고 경악이었다.

진석이 대답했다.

"에어믹스도어 전자제어칩이요."

물론 한성진은 이름을 물은 것이 아니다.

"그러니까 이게 공기조화 제어장치에서 히터 코어를 통과하는 공기의 양을 조절한다는 말입니까?"

"정확히는 에어믹스도어, 그러니까 AMD의 모터를 제어하는 거죠. 자동으로 각도를 조절하게 해서."

"그럼 최소한의 히스테리시스값으로 AMD 모터의 제어가 가능해진다는 겁니까?"

"일테면 그런 거죠."

한성진은 귀신에라도 홀린 기분이다.

혁준이 여러 장의 도면을 그 앞에 내놓았을 때만 해도 대체 이게 뭔가 싶었다.

샘플이라면서 세숫비누만 한 크기의 전자기계를 내놓았을 때도 그저 생뚱맞게만 느껴졌다. 그런데 경마장에서 본 대학생들이 기기에 대한 설명을 덧붙이자 한성진은 충격과 놀람에 휩싸일 수밖에 없었다.

이 에어믹스도어 전자제어칩이 그들의 말대로 그 같은 성능을 발휘한다면 그건 그야말로 공기제어장치 분야에 있어서 혁신이었다. 자신의 공기조화 제어장치가 보다 안정적으로 구동되는 것은 물론이고 어쩔 수 없이 낭비되는 히스테리시스값을 최적으로 맞춰줌으로써 내구력이 월등히 좋아진다. 연비 또한 두 배 이상 절약된다.

"어떻습니까? 쓸 만할 것 같습니까?"

혁준의 말에 한성진이 급히 고개를 끄덕였다.

"어디 쓸 만하다 뿐입니까?"

자신의 공기조화 제어장치에 있어서 이 에어믹스도어 전

자제어칩은 그것만으로도 충분히 특허로서 상품적 가치가 있을 만큼 꿈의 보조 장치라 해도 과언이 아니었다.

"권 대표님."

계약서를 체결한 이후로 한성진은 혁준을 그렇게 불렀다.

어차피 한진테크의 대외적인 사장은 여전히 한성진이었기에 그냥 편하게 부르라 했는데도 한사코 그 호칭으로 부르는 한성진이다.

"대체 이걸 어디서 구하셨습니까?"

"그거 우리가 만들었는데요?"

진석이 자신의 말을 받자 한성진이 의아해했다.

"이걸 학생들이 만들었다고요?"

"예, 그거 우리가 만들었는데요?"

진석의 대답에 한성진이 여전히 의아해하며 혁준을 보았다.

"그럼 원래부터 이쪽 방면에 관심이 있으셨던 겁니까?"

혁준이 데려온 세 사람은 혁준의 친동생이나 다름없는 사람들이라고 했다.

한진테크의 주식 양도 계약을 체결하면서 혁준이 미성년자임을 재확인한 그다. 이 세 대학생이 왜 혁준의 친동생이나 다름없는 족보가 되는 건지는 모르겠지만 어쨌든 그렇게 친밀한 관계라면, 그런 친밀한 관계에 있는 사람들이 에어믹스도어 전자제어칩 같은 걸 연구 개발하고 있었다면 그건 너무나 공교롭지 않은가.

오죽했으면 혹시 혁준이 처음부터 한진테크를 노리고 일부러 자신에게 접근한 것은 아닌가 하는 의심마저 들었다.

물론 조금만 깊이 생각해 보면 그게 말이 안 되는 억측이란 것을 금방 알 수 있는 일이라 그 의심은 이내 사라졌지만 말이다.

그만큼 그들이 내놓은 에어믹스도어 전자제어칩은 놀라운 것이었다. 당연히 한성진은 그것이 한 달 만에 뚝딱 만들어진 거라고는 감히 상상도 못 하고 있었다.

"그런데 정말 이게 제대로 작동은 하는 겁니까?"

아무래도 못 미더울 수밖에 없었다.

그들이 말하는 것을 곧이곧대로 믿기엔 눈앞의 대학생들도, 혁준도 너무나 어렸다.

한성진의 불신이 불쾌했던지 바보 삼형제가 발끈하려고 했다. 혁준이 그런 바보 삼형제를 막으며 한성진에게 말했다.

"성능이나 기능 면에서는 조금도 의심하실 필요가 없습니다. 어차피 도면대로 만들어서 장착을 해보면 아실 테지만 설명해 드린 것과 한 치의 틀림도 없을 겁니다. 그러니까… 어떻습니까? 한진테크의 공기조화 제어장치에 이 보조 장치가 더해졌을 때의 파급력이 어느 정도나 되겠습니까?"

"그야… 이 전자제어칩이 말씀하신 그대로의 성능을 가지고 있다면……."

말끝을 흐리며 잠시 숨을 돌린 한성진이 보다 강렬해진 눈빛을 혁준에게 던져오며 한 자 한 자 힘주어 말했다.

"국내만이 아니라 세계 공기 제어장치 시장에 일대 파란을 일으킬 겁니다! 그건 곧 우리 한진테크가 세계 자동차 시장의 판도를 바꿀 수도 있다는 말씀입니다!"

*　　　　*　　　　*

"쓰읍―"

혁준은 길게 숨을 들이켰다.

새벽 공기가 달다.

살갗에 닿는 적당히 차가운 바람도 딱 기분 좋을 만큼 상쾌했다.

이른 새벽, 혁준이 집을 나선 것은 어제 본 다큐 때문이었다.

바르셀로나 올림픽 마라톤의 주역 황영조 선수에 대한 특집 편으로 꾸며진 다큐였다.

올림픽이 끝난 지 벌써 두 달이 넘었는데도 2002년 월드컵 4강 신화 때도 그랬던 것처럼 아직도 TV에선 온통 황영조 선수에 대한 찬사로 가득했다.

황영조 선수의 다큐를 보고 있자니 문득 궁금해졌다.

'마라톤이라……. 난 얼마나 나올까?'

황영조 선수의 기록은 보스턴에서 세운 2시간 8분 47초, 세계기록은 2시간 6분 50초.

과연 거기서 얼마나 단축시킬 수 있을까?

그 궁금증으로 잠실 올림픽 주경기장에 온 그였다.

잠실 올림픽 주경기장에서 시작해 올림픽대로, 강변로, 여의도 광장까지가 서울에서 열린 하프마라톤 코스였다.

그걸 왕복할 생각이다.

"쓰읍―"

혁준이 다시 한 번 숨을 깊게 들이마셨다.

"후우우우―"

들이마신 숨을 최대한 가늘고 길게 내뿜은 후 잠실 올림픽 주경기장을 출발했다.

아무리 신체 능력이 좋아졌다고 해도 워낙에 긴 거리를 달려야 하기에 최대한 페이스를 조절하며 달렸다. 그런데 그렇게 안정적으로 페이스를 조절하며 대략 10㎞ 지점을 지났을 무렵이다.

빠라바라바라밤!

요란한 경적 소리가 뒤에서 들려왔다.

"오빠! 달려!"

찢어지는 듯한 여자 목소리도 곧이어 들려왔다.

무심결에 뒤를 돌아본 혁준은 순간 어이가 없었다.

폭주족이었다. 그런데 폭주족이 타고 있는 것이 요란한 경적 소리와는 전혀 어울리지 않게 흔히 '택트'라 부르는 스쿠터였다.

그것도 고작 두 명이 탔는데도 탈탈탈탈 소리가 나는 중국산 불량품.

그런 주제에 튜닝은 또 어찌나 요란하게 했는지 원래의 형태는 찾아보기가 힘들었다.

'아주 튜닝이 아니라 변신을 시켰구만. 지가 무슨 트랜스포머야, 옵티머스 프라임이야?'

그런데도 딴에는 오토바이랍시고 곧 혁준을 추월해 갔다.

그때까지만 해도 혁준에겐 그저 조깅 길에서 만난 조금 신기한 구경거리에 지나지 않았다. 그런데 스쿠터가 혁준을 추월해 가는 그 순간, 스쿠터를 몰던 폭주족이 씨익 비웃음을 날리는 것이 아닌가?

빠라바라바라밤!

거기다 다분히 고의성 짙은 경적까지.

"꺄하하하핫! 오빠! 달려! 달려!"

스쿠터 뒷자리에 타고 있는 못생긴 여자는 뭐가 그리 신나는지 깔깔거리며 고래고래 소리를 질러댔다.

그 모든 것이 거슬렸다.

자존심도 상했다.

"중국산 스쿠터 주제에……."

차라리 125cc 정도만 되었어도 이 정도로 자존심이 상하지
는 않았을 것이다. 아니, 스쿠터라도 국내산이었다면 그냥 참
고 넘어갔을지도 모른다.

'고작 여자 하나 태운 걸로 시속 50도 안 나오는 저딴 쓰레
기 따위로 감히!'

다리에 힘을 실었다.

속력을 높였다. 그리해 단숨에 스쿠터를 따라잡았다.

"오빠! 달려! 꺄하하하! 달……?"

그때까지도 고래고래 소리를 질러대던 못생긴 여자가 불
쑥 나타난 혁준을 보며 놀란 눈을 동그랗게 떴다.

눈을 동그랗게 뜨니 더 못생겼다.

"……!"

그때까지도 비웃음을 그대로 입꼬리에 매달고 있던 폭주
족이 혁준을 보며 귀신이라도 본 듯한 얼굴을 했다.

'사실 니 여자 친구가 더 귀신같이 생겼거든?'

혁준은 얼마간 그들의 그런 반응을 즐겼다. 그러다 받은 대
로 똑같이 씨익 비웃어주고는 더는 볼일도 없다는 듯이 그대

로 앞질러 가버렸다.

등 뒤로 어렴풋하게 다투는 소리가 들렸다.

"오빠, 이거 뭐야? 오토바이가 왜 사람보다 느려? 이거 완전 고물 아냐?"

"내가 선배한테 얼마를 주고 산 건데 고물이래! 씨발! 너 내려!"

"뭐?"

"니가 너무 무거우니까 속도가 안 나오잖아! 그러게 작작 좀 처먹으라니까!"

"언제는 내가 통통해서 좋다매? 빼빼 마른 기집애들보다 만질 거 많은 내가 더 예쁘고 더 좋댔잖아!"

"그거야 따먹기 전이고! 따먹기 전에는 뭔 말인들 못해!"

그 후로도 얼마간 더 티격태격하는 소리가 들렸지만 거리가 너무 멀어져 그 이상은 무슨 말인지 알아들을 수가 없었다.

어쨌든 기분은 통쾌했다.

물론 그 통쾌함의 대가로 오버페이스가 되어버리는 바람에 완주는 실패했지만 말이다.

역시 업그레이드된 몸에도 마라톤은 힘들다는 것을 새삼 절감하며 집으로 돌아오니 마침 기분 좋은 소식이 그를 기다리고 있었다.

"권 대표님, 미국 포드사와 독일의 폭스바겐사에서 연락이 왔습니다. 우리가 제시한 조건 그대로 계약하겠답니다."

한성진에게서 걸려온 그 한 통의 전화는 그야말로 태풍이 되어 한국 자동차업계를 발칵 뒤집어놓았다.

[심각한 재정 위기에 몰려 한때 부도 직전까지 갔던 한진테크, 신기술 장착 후 자동차 시장의 태풍의 핵으로 떠오르다!]

[미국 포드사, 한진테크와 공기조화 제어장치 기술제휴 체결. 로열티를 제외한 순수 라이선스 사용료만 연간 천이백만 불!]

[독일의 폭스바겐사, 미국 포드사에 이어 한진테크와 공기조화 제어장치 연간 천이백만 불에 기술제휴 체결. 판매에 따른 러닝 로열티는 포드사를 상회할 것으로 예상!]

[프랑스 푸조사, 세 번째로 한진테크와 기술제휴 체결. 라이선스 사용료는 타사에 비해 적은 칠백만 불. 대신 판매에 따른 러닝 로열티 대폭 강화!]

에어믹스도어 전자제어칩까지 장착된 공기조화 제어장치

는 한성진의 말대로 시장에 나오자마자 단숨에 세계 자동차 시장을 뒤흔들어 놓았다.

공기조화 제어장치는 자동차 엔진처럼 자동차를 움직이는 데 있어서 심장 같은 부품은 아니었지만 실제 자동차를 구매하는 소비층에게는 없어서는 안 될 필수적인 옵션이었다.

그걸 미리 인지한 세계 굴지의 자동차 회사들이 한진테크와 서둘러 기술제휴에 나선 것이다.

이유는 단순했다.

없으면 자동차가 안 팔리니까.

앞으로 그게 장착되어 있지 않은 자동차는 일단 소비 리스트에서 제외될 테니까.

그런데 이상한 것은 그렇게 중요한 기술을, 그것도 한국에서 만들어진 국내 기술을 정작 국내 유수의 자동차 기업인 현도그룹이 기술제휴를 미적이고 있다는 것이었다.

*　　　*　　　*

쾅!

정철환 현도그룹 그룹총괄본부장은 단단히 화가 났다.

현도그룹의 후계자로 언제나 젠틀함을 잃지 않던 그가 분을 못 이겨 김형욱 기획팀장에게 재떨이를 집어 던질 만큼 화가 나 있었다.

"대체 일 처리를 어떻게 하는 거야!"

평소 연장자에 대한 예우로 존칭을 잃지 않던 그 예의바른 말투도 지금은 온데간데없었다.

그도 그럴 것이, 조금 전 회장실로 불려 갔다 내려오는 길이다.

한진테크에 관한 일 때문이었다.

한진테크의 자동차 공기조화 제어장치가 가진 가능성에 대해서 누구보다도 먼저 인정한 것이 바로 정철환이었다.

그래서 그의 부친이자 현도그룹의 회장 정필연에게 한진테크를 인수해서 공기조화 제어장치를 현도그룹의 주역으로 키우겠다고 호언장담했다.

그런데 일이 틀어졌다.

50억이면 충분할 거라 생각하던 인수 계획이 한성진의 반대로 수포로 돌아간 것이다.

물론 그 정도에 물러설 그가 아니었다.

당연히 그의 머릿속에는 플랜 B가 있었다.

언론 조작, 여론 몰이, 자금 압박…….

플랜 B야말로 사실은 그가 늘 해오던 그의 전문 분야였다.

그리고 그 플랜 B에 그의 수족이 되어 움직인 것이 바로 지금 눈앞에 있는 김형욱 기획팀장이었다.

그런데 그마저도 실패로 돌아가 버렸다.

김형욱에게 믿고 맡겼다.

이런 지저분한 일에 그가 직접 나설 수는 없었기에 김형욱을 내세웠고, 늘 그래오던 것처럼 자질구레한 일은 전적으로 일임했는데 그게 실수였다.

"5억에 안 흔들리면 10억이든 20억이든 원하는 대로 줬어야 할 거 아냐!"

김형욱이 성과에만 급급한 나머지 다 잡은 고기를 그만 놓쳐 버린 것이다.

하지만 김형욱으로서는 억울한 면이 없잖아 있었다.

부도 위기에 몰린 한성진을 찾아가 5억을 제시한 것은 분명 김형욱 자신이었다. 제시한 5억도 그의 판단이었다.

하지만 5억이 거절당하자 그는 바로 정철환에게 돈을 더 올려줘야 하는지 의견을 물었다.

그때,

'아닙니다. 그냥 두세요. 아직은 살 만한 것 같은데 조금 더 기다리면 항복 선언을 해오겠죠. 뭐, 끝까지 고집을 부린다고 해도 문제될 건 없고요. 한진테크가 가진 부채, 우리가 이미 다 사뒀잖아요. 한진테크가 최종 부도 처리가 됐을 때 우리는 부채 대신 특허권만 가져오면 돼요.'

정철환이 그에게 한 말이다.

다시 말해 어디까지나 최종적인 결정은 정철환이 한 것이다.

그런데 일이 틀어졌다고 해서 모든 잘못을 자신의 탓으로 돌리는 건 김형욱으로서는 심히 억울한 일이었다.

그러나 그는 한마디 반박도 하지 못했다.

어차피 직장 생활이란 게 다 그런 것이다.

죄는 계급 낮은 놈이 다 짊어지는 것.

그걸 받아들이지 못하면 결국 사회의 낙오자가 될 뿐이다.

'이 또한 다 지나가리라.'

그가 할 수 있는 것은 그렇게 참는 것뿐이었다.

그리해 마침내 한바탕 폭풍과도 같은 화풀이가 지나갔다.

그리고 평소의 젠틀한 모습으로 돌아온 정철환이 넥타이를 바르게 고쳐 매며 말했다.

"한성진이라 했나요? 그 한진테크 대표, 그 사람과 약속 좀 잡아요. 이대로 자동차 사업 접을 거 아니라면 기술제휴든 뭐든 우리 현도도 한진테크와 손을 잡는 수밖에 없으니까."

그렇게 말을 하고서도 여전히 아쉬움을 접지 못하겠는지 푸념하듯 뇌까렸다.

"5억이면 제휴가 아니라 특허권 자체를 우리가 가질 수도 있었는데 잠깐의 판단 미스로 연간 수백억을 날려먹게 생겼으니… 자금 나올 만한 곳은 죄다 틀어막았는데 대체 8천만

원은 어디서 난 거야?"

그날 저녁 혁준은 한성진의 전화를 받았다.

"내일 현도그룹과 만나기로 했다고요?"

한진테크와 현도그룹의 관계를 잘 알고 있는 혁준이기에 그 소식이 조금 의외이긴 했다.

하지만 다시 생각해 보면 과거의 묵은 은원이야 은원이고 사업은 사업이다. 어차피 현도그룹에서는 한성진에게 매달릴 수밖에 없는 상황이고, 한성진으로서도 아예 현도그룹을 자동차 분야에서 끝장을 내버릴 생각이 아닌 다음에야 조건만 맞으면 거래를 못 할 이유가 없었다.

다만,

"예? 저도 같이 가자고요?"

현도그룹 사람을 만나는 자리에 한성진이 자신과의 동행을 원한다는 것이 뜻밖이었다.

"거긴 제가 낄 자리가 아닌 것 같은데요. 게다가 미성년자가 그런 자리에 낀다는 것도 좀 그렇고……."

"아닙니다. 사업을 하는 데 있어 나이가 무슨 상관이겠습니까? 한진테크의 최대 주주이시고 특허권의 공동 명의자이신데 당연히 권 대표님이 참석하셔야죠."

한성진의 말이 틀린 말은 아니었지만 그래도 왠지 이상했다.

무엇보다 포드사 등 해외 자동차 회사와 계약을 할 때는 그에게 조언만 구했지 굳이 참석까지는 요구하지 않던 한성진이 어쩐 일인지 오늘은 무리하게 자꾸만 자신을 데려가려고 한다.

"뭐, 같이 가자시면 못 갈 것도 없지만… 그래도 그냥 솔직히 말씀해 주시죠? 절 꼭 동행시키려는 이유가 뭐죠?"

혁준이 그렇게까지 까놓고 말하자 한성진도 더는 숨기지 못하고 말했다.

"현도그룹과의 기술제휴 조건을 권 대표님이 정해주셨으면 해서요."

"그걸 제가요?"

"아무래도 제가 정하기에는 너무 감정적이 될 것 같아서……. 이제 한진테크는 어디까지나 권 대표님 것인데 이런 일을 제가 감정적으로 처리할 수는 없지 않겠습니까?"

"감정적으로 처리해서도 전 별로 상관없는데요."

"제가 상관이 있어서 그렇습니다. 그러니 내일 나오실 때 구체적인 제휴 조건도 정하고 나와 주십시오."

"음, 그럼 그렇게 하죠. 근데 정말 제가 마음대로 정해도 되겠습니까?"

"예, 어떤 조건이든 저는 일절 토를 달지 않겠습니다. 무조건 권 대표님의 뜻에 따르겠습니다."

한성진과의 통화는 그렇게 끝이 났다.

혁준은 밤새 고민에 고민을 거듭하다 스스로 합리적이다 판단되는 선에서 제휴 조건을 정하고는 그걸 들고 약속 장소로 나갔다.

약속 장소에는 이미 현도그룹의 총괄본부장이란 사람과 기획팀장, 그리고 한성진이 먼저 와서 기다리고 있었다.

한성진이 이미 혁준에 대한 소개를 해두었던 건지 혁준이 나타나자 모두가 자리에서 일어서서 그를 맞았다.

물론 그 반응은 제각각 달랐다.

"제가 좀 늦었죠? 어제 잠을 좀 설쳐서……."

"아닙니다. 저도 금방 왔습니다."

혁준의 인사를 받은 한성진은 공손했고,

"이분들이 현도그룹에서 오신 분들인가 보네요. 안녕하세요. 권혁준이라 합니다."

"아, 예. 현도그룹 기획팀장 김형욱입니다."

김형욱은 얼떨떨해하며 혁준이 내민 손을 급히 맞잡았다.

그리고,

"현도그룹 총괄본부장 정철환입니다."

정철환은 떨떠름한 표정으로 가볍게 고개만 끄덕였다.

그럴 수밖에 없었다. 혁준이 나타나기 전에 한성진으로부터 한진테크의 최대주주이자 특허권의 공동 명의자라고 소개를 받았는데 나타난 것이 동안이라 생각하기에도 너무나 어려 보이는 고등학생이었으니까.

그들의 반응이야 그러거나 말거나 상관없었다.

다 같이 자리에 앉자 혁준은 길게 끌지 않고 정철환의 앞으로 서류 하나를 내밀었다.

"어차피 저는 사업 같은 것도 잘 모르고, 그러니까 서로 길게 얘기해 봐야 뜬구름 잡기밖에 안 되니까 그냥 단도직입적으로 말씀드리겠습니다. 거기에 적힌 것이 우리 측의 기술제휴 조건입니다. 먼저 읽어보시고 의문이나 질문하실 게 있으면 하세요. 단, 분명히 말씀드리지만 네고는 일절 없습니다. 협상 같은 거 안 합니다. 거기에 적힌 우리 측의 조건을 수용하지 못하겠다면 현도그룹과의 기술제휴는 그걸로 없던 일로 하겠습니다."

"……."

서류를 받아 읽어 내려가는 정철환의 얼굴은 정말이지 보기 흉할 정도로 일그러지고 있었다.

제9장

현도그룹

한진테크와 공기조화 제어장치의 특허권 인수는 그룹 차
원에서도 중요한 사업이었지만 정철환 개인에게 있어서도 그
룹 내 자신의 입지를 보다 공고히 할 수 있는 절호의 기회였
다.

잘만 되었다면 그의 형이자 후계 서열 1위인 현도전자 사
장 정일환과 어깨를 나란히 할 수도 있었다.

그런데 실패했다.

그로 인해 그룹 내 입지를 공고히 할 수 있는 절호의 기회
를 잃었다. 뿐만 아니라 이제는 지금의 자리마저도 안심할 수

없게 되었다.

회장실로 불려갔을 때 자신을 바라보던 정필연의 눈빛이 너무도 차가웠다.

특허권을 인수해서 그룹의 주력으로 만들겠다고 호언장담했을 때, 그때 정필연의 눈에 담긴 아들에 대한 대견함은 흔적조차 찾아볼 수 없었다.

특허권 인수는 그렇게 실패로 돌아갔지만, 한진테크와의 기술제휴만큼은 반드시 성공시켜야 했다. 현 상황에서 끌어낼 수 있는 최고의 조건을 끌어내어 그룹에서도 만족할 만한 성과를 얻어내야 했다.

만일 그렇게 하지 못하면 후계 경쟁은 그걸로 끝이었다.

그룹 내 절대다수를 차지하고 있는 정일환 일파의 손에 난도질당하는 것은 물론이고 무엇보다 회장 정필연의 눈 밖에 나고 말 것이다.

그래서 한성진을 만나러 나가는 길은 정철환에게 있어 전쟁터로 향하는 장수의 그것처럼 비장하고 결연할 수밖에 없었다.

그런데 시작부터 뭔가가 삐끗거렸다.

"한 분이 더 오신다고요?"

"예, 저희 회사의 1대 주주이시자 공기조화 제어장치의 공동 명의자 분께서 동석하기로 하셨습니다. 기술제휴에 따른 저희의 조건도 그분께서 가지고 오실 겁니다."

한성진의 말에 정철환과 김형욱은 어리둥절한 눈으로 서로를 마주 볼 수밖에 없었다.

1대 주주라니?

그가 알고 있기로는 한성진이 한진테크의 지분 67퍼센트를 가지고 있었다. 당연히 1대 주주라 하면 한성진이 되어야 했다.

'게다가 공동 명의자라는 건 또 뭐지?'

특허권자 또한 분명 한성진이란 이름으로 등록되어 있었다.

적어도 그가 한진테크를 무너뜨리기 위해 한진테크와 한성진에 대해 조사했을 때는 그랬다.

'그사이 뭐가 어떻게 변한 거야?'

당연히 그때 그대로인 줄 알았다.

그도 그럴 것이, 다른 것도 아니고 한성진이 대표로 있는 한진테크인데 지분율에 특기할 만한 변동이 있을 거라고는 생각도 못 한 데다 특허권의 명의까지 바뀌어 있을 줄 그가 어떻게 알았겠는가.

'김 팀장은 이런 것도 조사 안 하고 대체 뭘 한 거야?'

자연스레 김형욱 팀장을 원망하게 되었다.

하지만 당황한 건 잠깐이었다.

금세 마음을 추스르고 한성진에게 물었다.

"한진테크에 한 대표님 말고 1대 주주가 따로 있는 줄은 미처 몰랐군요. 그래, 오신다는 분은 어떤 분이십니까?"

"제가 뭐라 미리 말씀드리기는 그렇고… 곧 도착하신다고 했으니 잠시만 기다려 보시죠."

그렇게 슬쩍 대답을 회피하며 궁금증만 더 부추기는 한성진이다.

정철환은 한성진의 말투에서 가시를 느꼈다.

당연한 일이다.

현도그룹에 좋은 감정일 리가 없었다.

도착하자마자 김형욱이 허리를 구십 도로 숙이며 지난 일을 사과했지만 그 정도로 묵은 감정이 풀릴 거라고는 어차피 기대도 안 했다.

'그런 면에서 보면 차라리 잘된 건가?'

협상 상대가 현도그룹에 좋지 않은 감정을 가지고 있는 한성진이 아니라 다른 사람이라면 그만큼 협상 과정이 부드러워질 것이고, 그리되면 보다 좋은 분위기에서 좋은 조건하에 계약이 체결될 수도 있기 때문이다.

그렇게 조금은 기대를 하며 한진테크의 1대 주주란 사람을 기다렸다.

그런데,

"제가 좀 늦었죠? 어제 잠을 좀 설쳐서……."

그렇게 인사를 하며 나타난 사람은 황당하게도 한진테크의 1대 주주라 하기에는 너무 어린 사람이었다.

'열여덟? 열아홉? 아니, 많이 봐줘도 스물?'

하지만 그를 더욱 황당하게 만든 것은 스스로 권혁준이라 밝힌 그 어린 녀석이 더 이상의 협상은 없을 거라면서 내민 기술제휴 조건이었다.

'연간 240억?'

순간 자신이 숫자를 잘못 본 줄 알았다.

'24억이 아니라 240억이라고?'

포드나 폭스바겐 같은 해외 자동차 회사와는 최대가 연간 천이백만 불 계약이었다. 현재 원화 환율이 달러당 팔백 원이니 천이백만 불이면 100억이 채 안 되는 금액이다.

그런데 240억이라니?

게다가 러닝로열티도 그가 조사한 것에 비해 터무니없이 높았다.

라이선스 사용권료를 연간 칠백만 불로 저렴하게 받는 대신 러닝로열티를 대폭 강화한 프랑스 푸조사보다도 더 높이 책정되어 있었다.

"계약서가 좀 잘못된 것 같은데……."

"어디가요?"

"라이선스 사용권료가 240억이라는 건 너무 높은 금액 아닙니까? 로열티도 그렇고. 저희가 조사한 바로는 해외 타 자동차 회사의 계약 조건은 이보다 훨씬 낮았던 걸로 아는데 말입니다."

"그야 국내 기업이니까요."

이건 또 무슨 말일까?

혁준이 툭 던지는 말에 정철환은 눈살을 찌푸렸다.

"그게 무슨 말씀이신지? 국내 기업이니 오히려 더 좋은 조건에 해주시는 게 인지상정 아닙니까?"

"국내 기업이니 더 좋은 조건에 해주는 게 인지상정이다? 그 말씀은 좀 납득하기가 힘든데요?"

"예?"

"아니, 솔직히 말하면 현도그룹에서 그런 말을 하는 게 너무 웃기네요."

'뭘까, 이 기분 나쁜 비웃음은?'

"무슨 말씀이신지……?"

"아니, 그게 그렇잖아요. 정 본부장님 말씀대로라면 현도그룹에서도 우리나라 국민을 위해 국내 내수용 차에 더 신경써야 하는 게 인지상정이라는 건데… 근데 해외 수출용 차에 비해 국내 내수용 차가 가격, 성능, 안전성, 서비스 등 모든 면에서 현저히 떨어지고 있는 건 어떻게 설명하시겠습니까?"

어디 현도그룹뿐이랴.

혁준이 살던 시대만 해도 민영화니 단통법이니 하며 자국민 호구 만들기에 여념이 없는 것이 이 나라 정치가들과 기업가들의 마인드였다.

"그야 해외 판로를 뚫으려면 어쩔 수 없이……."

"아무리 그래도 그렇지, 해외 판로를 뚫으려고 국내 소비자들을 호구로 삼는 짓은 좀 아니지 않나요? 자국엔 더 좋은 성능에 더 좋은 가격으로 공급해야죠. 정 본부장님 말씀대로 인.지.상.정.상 말이에요. 그게 애국하는 길이기도 하고."

비꼬고 추궁하는 것이 마치 검찰의 조서라도 받는 듯한 기분이다.

살면서 단 한 번도 이런 모욕을 당해본 적이 없는 정철환이다.

순간 울컥해서 '우리 현도가 해외 수출로 외화 벌이를 하는 게 바로 애국하는 길이다! 대한민국 국민이라면 나라 경제를 위해 그 정도 손해는 감수해야 하는 거다!'라고 외칠 뻔했다.

하지만 차마 그러지 못했다.

지금 무엇보다 중요한 것은 어떻게든 이 어린놈의 비위를 맞춰서 좋은 조건의 계약을 이끌어내는 것이니까.

그래도 그 감정까지는 완전히 숨기지 못한 탓에 꿀 먹은 벙

어리처럼 앉아 있는 정철환의 얼굴은 실로 보기 흉하게 구겨져 있었다.

그러거나 말거나 혁준은 자기 할 말을 다 했다.

"물론 우리 한진테크가 현도와의 기술제휴에 이런 조건을 내건 것은 해외 판로를 우선하기 위한 것도, 국내 기업을 호구로 보기 때문도 아닙니다. 여러 가지를 따져봤을 때 그게 합당한 금액이기 때문입니다."

"합당한 금액의 기준이 대체 뭡니까?"

아무래도 기분이 언짢다 보니 정철환의 말투도 공격적이었다.

혁준이 그런 정철환을 지그시 바라보다가 목소리를 무겁게 하며 대답했다.

"우리는 원래 국내 내수 시장만큼은 기술제휴가 아니라 공기조화 제어장치를 직접 만들어서 공급해 볼 생각이었습니다."

"한진테크에서 직접 생산까지 할 거란 말입니까?"

"예."

"그게 그렇게 간단한 일이 아닐 텐데요?"

"간단한 일은 아니죠. 하지만 못할 것도 없는 일이죠. 이미 자체 분석 결과 국내 시장의 수요 정도는 충분히 책임질 수 있다는 계산이 나왔습니다. 그래서 이미 공장 부지도 알아보고 있는 중이었고요."

"……."

"사용권을 빌려주는 것보다 직접 생산해서 파는 게 몇 배로 수익이 남는다는 것 정도는 사업하시는 분이니 잘 아실 테죠? 필요한 생산 설비를 갖추는 데 시간이야 좀 걸리겠지만 그 정도야 얼마든지 감수할 만한 가치가 있는 일이란 것도 잘 아실 테고요. 그런 중에 현도에서 연락이 온 겁니다."

"……."

"우리가 현도랑 기술제휴를 한다는 건 다시 말해 국내 내수 시장을 직접 공략하겠다는 계획을 전면 포기한다는 뜻입니다. 그건 곧 국내 내수 시장을 직접 공략했을 때 얻는 이득을 전부 포기한다는 것과 일맥상통하는 일이구요. 그런 만큼 현도와의 기술제휴에 따른 조건은 해외 자동차 회사와 같을 수가 없습니다. 우리가 현도를 위해 손해를 감수하는 만큼 마땅히 현도도 그만한 대가는 지불해야 하는 게 맞지 않겠습니까?"

혁준의 말은 도무지 비집고 들어갈 틈이 없었다.

그의 말대로 한진테크가 생산 라인까지 갖추고 공기조화 제어장치를 직접 만들어서 팔게 된다면 그들이 올릴 수익은 기술제휴로 얻는 수익보다 훨씬 클 것은 자명한 일이다. 반대로 그것을 사서 써야 하는 현도 등 국내 기업들은 기술제휴로 사용권을 빌렸을 때보다 몇 배의 지출이 불가피하게 된다.

'현도그룹의 한 해 자동차 생산량이라면 로열티를 제외하고라도 제품 구입비만 연간 500억은 족히 나갈 것이다.'

혁준이 제시한 240에 비해서 두 배가 넘는 지출이 생기는 것이다.

게다가 더 큰 문제는 현도그룹의 자동차 매출이 한 해가 다르게 증가하고 있다는 것이다. 그러니 자동차 매출이 증가하는 만큼 공기조화 제어장치의 구매 비용 또한 늘어날 수밖에 없다.

'240억은 생각도 못 한 액수이긴 하지만……'

달리 방법이 없었다.

여기서 한진테크와의 기술제휴가 물거품이 되면 최소 그두 배의 손해를 감수해야 한다.

그건 그야말로 최악의 결과였다.

만일 그런 최악의 결과를 가지고 그룹으로 돌아가면 후계 경쟁은커녕 완전히 한직으로 쫓겨나 모래바람이나 맞아야 할지도 몰랐다.

'아니면 총알받이 신세가 돼서 일환이 형님 대신 검찰청이나 들락거리든가.'

결국 그에게 주어진 선택지는 하나뿐이라는 결론이 나온다.

"좋습니다. 제시하신 조건에 합의토록 합시다."

울며 겨자 먹기 식이다.

그러나 그렇다고 해도 이대로 숨소리 한번 못 내보고 일방적으로 당할 수만은 없는 일이었다.

"제시하신 조건은 모두 수용하겠습니다. 대신 여기서 조항 하나를 더 추가했으면 합니다."

정철환의 갑작스러운 말에 이번엔 한성진이 물었다.

"조항이라면……?"

"공기조화 제어장치의 국내 공급권을 저희 현도에게 달라는 겁니다."

"국내 공급권이라면… 현도에서 공기조화 제어장치를 만들어서 국내 타 기업에 직접 판매할 수 있는 판매권을 달라는 겁니까? 독점으로?"

"저희 현도그룹이라면 생산에서 유통, 판매까지 라인을 빠른 시일 내에 구축할 수가 있습니다."

"국내 타 기업을 상대로 현도에서 제품을 직접 판매하겠다는 건 우리더러 국내 타 기업과는 기술제휴를 하지 말라는 말씀이 아닙니까?"

"그렇습니다. 물론 거기에 따른 충분한 보상은 해드리겠습니다. 타 기업과의 기술제휴 시에 얻을 수 있는 사용권료와 로열티는 물론이고 그로 인해 현도가 얻게 되는 수익의 일정

부분을 러닝개런티 개념으로 드리겠습니다. 장담하건대 이건 한진테크로서도 결코 손해나는 거래가 아닐 겁니다."

정철환의 말대로다.

국내 타 기업과의 기술제휴에 따른 수익을 현도에서 전부 책임져 주겠다는 데다 러닝개런티까지 따로 더해서 준다면 이득이 되면 되었지 절대 손해날 일은 없을 것이다.

한성진의 눈빛이 흔들렸다.

반대로 정철환은 회심의 미소를 지었다.

이 자리에서 국내 공급권만 얻을 수 있다면 240억이야 아까울 것도 없었다.

국내 공급권만 쥐고 있으면 그 정도 손해야 국내 타 기업들을 쥐어짜서 얼마든지 만회할 수 있었다.

국내 공급권만 가지고 있으면 슬금슬금 기어 올라오고 있는 경쟁사들의 목줄을 쥐고 마음대로 휘두를 수도 있었다.

실리와 명예, 권력까지도 한 손에 쥘 수가 있는 거래인 것이다.

'이 거래만 성사시키면 잠시 흔들리고 있는 그룹 내 내 입지도 단번에 역전시킬 수가 있을 것이야.'

그로서는 정말이지 모든 것을 건 비장의 한 수였다.

그런데,

"분명히 말씀드렸을 텐데요?"

흔들리는 눈빛의 한성진과는 달리 혁준은 시큰둥한 표정이다. 아니, 상당히 불쾌한 얼굴을 하고 있었다.

"네고는 일절 없을 거라고."

"……."

"협상 같은 건 안 한다고."

"……."

"그 말은 새로운 조항을 추가하는 것 또한 안 된다는 의미인데, 모르셨습니까?"

혁준은 그렇게 정철환이 가지고 있던 단 하나의 희망마저도 무참히 부숴 버렸다.

"대체 왜……. 한진테크로서도 손해나는 장사는 아니지 않습니까?"

"그냥요. 하기 싫으니까. 뭐, 그게 불만이시면 이번 기술제휴는 없던 일로 하든가요."

"……."

＊　　　＊　　　＊

"왜 그러셨습니까?"

현도그룹과의 기술제휴에 관한 계약을 체결하고 나오는 길이다.

한성진이 물었다.

"국내 공급권 얘기는 우리로서도 손해날 게 없는 거래가 아닙니까?"

"그냥요. 손해는 아니지만 크게 이득이 될 것 같지도 않고, 무엇보다 왠지 사람을 호구 취급하는 것 같아서……."

정확히 정철환이 무슨 속셈으로 공급권을 달라 했는지는 모르지만 그 눈빛이며 표정이 영 기분 나빴다.

분명 좋은 속셈은 아닌 것 같았다.

"하긴 안 봐도 뻔하죠, 뭐. 그걸로 다른 힘없는 기업 등골이나 뽑아 먹으려는 속셈이겠죠."

혁준이 그렇게 덧붙이자 이득이 된다는 말에 순간 흔들렸던 한성진도 이내 수긍하고는 고개를 끄덕였다. 그 인간들이 하는 행태야 누구보다도 그가 가장 잘 알고 있었다.

"그런데 정말 국내 내수용은 직접 판매하실 생각입니까? 공장 부지를 알아보고 계셨다는 것은 저도 까마득히 모르고 있었습니다."

"그거 뻥인데요?"

"예?"

"뭐하러 제가 그런 귀찮은 짓을 해요? 그럴 시간에 돈이나 굴리고 기술이나 개발하는 게 훨씬 이득일 텐데."

"그럼 아까 그 말씀은……?"

"그야 그렇다고 대놓고 '니들 마음에 안 드니까 돈 더 뱉어'라고 할 수는 없잖아요. 그냥 단순히 핑계였죠, 뭐."

"…저 때문입니까? 제가 현도에 당한 일 때문에……"

"그것도 그렇지만 그게 아니더라도 그 인간들은 좀 당해봐야죠. 어디 한진테크뿐이겠어요? 돈 좀 있다고 그동안 얼마나 많은 억울한 사람들의 피눈물을 뽑아댔겠어요? 이참에 버릇을 확실하게 고쳐 놔야죠."

혁준의 대수롭지 않게 흘리는 말에 꽤나 감동을 받았는지 살짝 눈시울을 붉히는 한성진이다. 그 모습을 본 혁준은 괜히 민망해져 화제를 돌렸다.

"아무튼 정철환인가 뭔가 하는 그 인간, 속 좀 뒤집어졌겠죠? 보아하니 성질이 장난 아닐 것 같던데… 지금쯤 아주 미쳐서 날뛰는 거나 아닌지 몰라?"

*　　　*　　　*

혁준의 예상대로였다.

자신의 사무실로 돌아온 정철환은 아주 제대로 미쳐서 날뛰었다.

밟고 부수고 집어 던졌다.

"야, 김 팀장! 대체 조사를 어떻게 한 거야! 한진테크의 주인이 바뀌었는데 그걸 몰라? 그런 기본적인 것도 모른 채 날 거길 나가게 만들어? 그래서 이런 개망신을 줘? 당신 돌았어? 제정신이야? 정신줄 놨어? 당신 해고야, 해고! 알아들어? 당신, 이 순간부터 해고라고! 당신 같은 무능한 사람은 현도에 있을 자격이 없어!"

김형욱에게 해고 통지를 한 걸로는 부족했는지 이젠 아예 골프채까지 집어 들고 사무실 집기들을 깨부수기 시작했다.

퍽! 우당탕! 쾅! 와장창!

지금 정철환의 모습은 그야말로 미친 망나니나 다름없었다.

그만큼 그가 오늘 받은 모욕과 굴욕은 컸다.

하지만 오늘 그가 받은 모욕과 굴욕은 그로부터 삼 일 후에 듣게 된 소식에 비하면 아무것도 아니었다.

[대성자동차, 한진테크와 60억에 파격적 기술제휴!]

[선화모터스, 한진테크와 역시 60억에 파격적 기술제휴! 로열티도 타사에 비해 상당히 낮은 것으로 알려져⋯⋯.]

[국내 자동차 시장의 활성화를 위해 과감한 결정을 한 한진테크! 한국 기업이 자국 기업을 돕는 것은 당연한 인지상정이라는

말로 국내 기업들이 나아갈 길을 제시해 준 한성진 대표, 이 시대의 진정한 기업인의 모습을 보여주다!]

기사들이 쏟아져 나왔다.

그중 한 기사에는 현도그룹도 언급되어 있었다.

[240억으로 알려진 현도그룹과의 기술제휴는 단순한 오보였나? 아니면 호구?]

"이게 대체……."

제대로 물먹었다.

대현도그룹이 세인들의 웃음거리가 되었다.

현도그룹을 세인들의 웃음거리로 만들었으니 그의 후계 경쟁도 이로써 완전히 끝장났다. 후계 경쟁은 고사하고 이건 못해도 유배감이다.

"대체 그 어린놈의 새끼는 나한테 무슨 억하심정이 있어서 이렇게까지 하는 거냐고!"

지금 정철환의 머릿속을 가득 채운 것은 그룹 차원에서 내려질 자신의 처우에 대한 걱정이 아니었다. 오직 혁준에 대한 분노였다. 그 분노가 활화산이 되어 그를 집어삼키고 있었다.

하지만 정작 혁준은 정철환이란 이름조차도 까맣게 잊어

먹고 있었다.

당연히 억하심정도 없다. 대성과 선화와의 기술제휴도 정철환이나 현도그룹을 의식한 것이 전혀 아니었다.

"아, 한 사장님. 네? 대성이랑 선화에서요?"

한성진으로부터 곧 대성과 선화와의 기술제휴를 추진할 거라는 연락이 왔고,

"거긴 그래도 기업 이미지가 나쁘진 않잖아요. 예전에 그쪽 차 한번 타봤는데 거기 직원도 되게 친절하고 경영자의 마인드도 나름 괜찮은 것 같고. 그냥 국내 기업인데 인정상 너무 빡빡하게 할 건 없지 않겠어요? 편의 좀 봐주죠? 이왕 선심 쓰는 거면 생색 좀 내게 팍팍. 한진테크도 이제 기업 이미지 생각해야 할 때가 됐잖아요?"

피해의식에 절은 정철환이야 어떻게 생각하든 혁준은 그렇게 조언했을 뿐이다.

*   *   *

따르르르릉—

벨이 울렸다.

정철환은 순간 움찔했다.

본능적인 불길함이 엄습해 온 까닭이다.

수화기를 들었다.

"네, 현도그룹 총괄본부장 정철환입니다."

"……."

잠깐의 정적이 있었다.

그 잠깐의 정적이 누구의 것인지는 금방 알아차렸다.

"정 본부장, 지금 내 방으로 오지."

아니나 다를까, 수화기 너머로 들려오는 노회한 목소리는 그의 부친이자 현도그룹의 회장 정필연이었다.

자신의 방으로 오라는 정필연의 목소리가 정철환에겐 마치 사형선고를 내리는 판관의 목소리처럼 들렸다.

드디어 올 것이 오고야 말았다.

어차피 예견된 일이고 각오도 하고 있었지만, 그 목소리에 아득한 낭떠러지로 떨어지는 듯한 기분이 들었다.

미련이나 희망 같은 건 버렸다.

미련이나 희망 같은 걸 남겨둘 만큼 현도는, 그리고 그의 아버지 정필연은 그렇게 물렁한 사람이 아니었다.

다만 한 가지 아쉬움이 남는 것은 이대로 한직으로 물러나게 되면 다시 복귀하는 건 불가능하다는 것이다. 그리고 복귀가 불가능하다는 건 그를 이 지경으로 내몬 한진테크에 복수를 해줄 수가 없게 된다는 뜻이다.

'적어도 그 어린놈의 새끼만큼은 내 손으로 뭉개주고 싶었는데……'

그리해 현도를, 그리고 자신을 우습게 본 것이 얼마나 큰 실수였는지 처절하게 깨닫게 해주고 싶었다.

그의 발아래 엎드려 눈물 어린 참회로 용서를 빌게 하고 싶었다.

그러나 이제는 그럴 수가 없게 되었다.

회장실로 들어서는 순간 그럴 만한 힘도, 권한도 모두 잃게 될 테니까.

그에게 남은 것은 오직 체념뿐이었다.

그렇게 체념 하나만을 안고 회장실로 들어선 정철환은 그 즉시 얼굴을 구겼다. 그보다 먼저 와서 부친 정필연의 앞에 서 있는 인물을 확인한 때문이다.

'형님……'

현도전자 사장이자 그에겐 형이며 현도그룹 후계 서열 1위인 정일환이었다.

불과 며칠 전까지만 해도 그의 경쟁자이던 형이다. 며칠 전이었다면 그는 정일환의 앞에 고개를 당당히 들고 어깨를 나란히 하고 섰을 것이다. 하지만 경쟁에서 패한 지금은 더 이상 경쟁자도, 형도 아니었다. 정일환은 이제부터 그가 받들어

모셔야 하는 주군이었다.

먼저 정필연에게 인사를 건넸다.

"형님 오셨습니까?"

그렇게 정일환에게 깍듯하게 고개를 숙이는 정철환의 모습은 싸움에서 진 개의 그것과 크게 다르지 않았다.

이제는 야망을 위해 싸워야 할 때가 아니라 생존을 위해 머리를 숙여야 할 때라는 것을 누구보다도 잘 알고 있는 정철환이었다.

"그래, 요즘 골치깨나 아팠다며?"

"아뇨. 제가 무능해서 회사에 큰 피해를 입혔습니다."

"뭐, 사업을 하다 보면 그럴 수도 있는 거지. 그것도 다 열심히 하려다가 그렇게 된 거 아닌가?"

정일환이 사람 좋은 미소로 정철환을 위로했다.

형제간의 우애나 동생에 대한 배려가 아니었다. 정철환은 저 사람 좋은 미소 뒤에 숨겨진 누구보다도 계산적이고 냉혹한 얼굴을 잘 알고 있었다. 자신에게 도전한 그를 단지 형제라는 이유로 품어줄 사람이 아니었다.

저건 단지 승자의 여유일 뿐이었다.

묘한 긴장감 속에 그렇게 서로 간에 인사가 끝나자 정필연 회장이 말했다.

"이번에 한중수교가 맺어졌으니 본격적으로 중국 쪽을 공략해야 하는데 말이야. 알다시피 중국은 다른 시장과는 여러 가지로 여건이 많이 다르다. 어쩌면 앞으로 그룹의 사활을 거기에 걸어야 할지도 모를 만큼 큰 시장인데 마땅히 믿고 맡길 사람이 없단 말이지. 그래서 말인데……."

그렇게 서두를 뗀 정필연이 정철환을 보았다.

"정 본부장이 먼저 가서 터를 좀 닦아야겠다."

"……."

결국 좌천이다.

하지만,

'중국이면 최악은 아니로군.'

그룹이 입은 손해도 손해지만 무엇보다 그룹의 명예를 실추시킨 그다. 좌천지로 중국이 아니라 남미나 아프리카 오지였다고 해도 할 말이 없는 입장이다.

"그리고……."

정필연이 한마디 덧붙였다.

"지금까지 정 본부장이 맡고 있던 일은 중국에 가 있는 동안 여기 정 사장이 대신할 테니까 인수인계 잘하고."

정일환이 이 자리에 동석해 있는 이유였다.

이 또한 이미 예상한 바다.

정일환과 더불어 후계자 경쟁을 하던 정철환이다. 그만큼 그가 그동안 맡고 있던 일은 그룹 차원에서 다루어야 하는 크고 중요한 일이다.

그 중요한 일을 다른 사람에게 맡겨봐야 괜한 욕심과 분란만 생길 뿐이다. 후계 싸움이 끝난 마당에 더 이상 분란의 여지를 남길 필요는 없었다.

"예, 형님께 바로 인수인계하고 마치는 대로 중국지사로 출발하겠습니다."

그걸로 끝이었다.

그들 사이에 더 이상의 대화는 없었다.

정철환은 지체하지 않고 회장실을 나왔다.

그런데 회장실을 나오니 그 앞에 생각지도 못한 얼굴이 그를 기다리고 있었다.

"김 팀장? 김 팀장이 여긴 왜……?"

김형욱 기획팀장이다.

김형욱이 회장실 앞에까지 와서 그를 기다리고 있었다.

"……?"

그럴 이유가 없었다. 아무리 급한 일이라고 해도 자신의 지시가 있지 않는 한은 감히 회장실 앞에서 어슬렁거릴 위치가 아니었다. 게다가 이미 그에게 해고 통지까지 받은 상태이다. 실제로 좌천되기 전에 이 모든 사태의 책임을 물어 사표까지 받아낼 작정까지 하고 있는 그였기에 지금 김형욱의 모습이 더더욱 의아할 수밖에 없었다.

그런데 그때였다.

"아, 내가 뭐 좀 부탁한 게 있어서 불렀어."

정일환이었다.

"그래, 가져왔나?"

정일환의 말에 김형욱이 정철환에게 살짝 고개를 숙여 보이고는 정일환에게 다가가 서류 하나를 내밀었다.

"지시하신 대로 한진테크의 지분 내역과 자금 유통 경로입니다."

"흠, 그래? 수고했어."

김형욱의 어깨를 툭툭 두들긴 정일환이 정철환에게 말했다.

"떠나기 전에 일간 술이나 한잔하자. 그동안 우리 형제, 너무 소원했잖니?"

"……."

그리 말하고는 다시 김형욱을 보았다.

"그리고 자네는 날 좀 따라오게. 내 묻고 싶은 것도 좀 있으니까."

정일환이 먼저 엘리베이터를 타자 뒤이어 김형욱이 다시 정철환에게 고개를 숙여 보이고는 정일환을 따라 엘리베이터에 올랐다.

"……."

엘리베이터 문이 닫히고 그때까지도 멍하니 그 모습을 지켜보던 정철환의 얼굴이 심하게 구겨졌다.

물론 인수인계라는 게 비단 업무에 관한 것만은 아니란 것을 알고 있다. 권리와 그에 따른 책임은 물론이고 사람까지도 인수인계가 된다. 그러니 김형욱 기획팀장이 정일환의 지시에 따라 움직이는 것이 크게 문제될 것은 없었다.

'그렇기는 한데…….'

뭘까, 저 자연스러움은?

저 익숙함은?

그리고 이 소외감은?

'설마 아니겠지?'

그럴 리가 없었다.

'김 팀장이 설마 처음부터 형님 사람이었을 리가…….'

생각하긴 싫지만, 인정하고 싶지도 않지만…….

'부처님 손바닥 안에서 놀아난 것 같은 이 불쾌한 기분은 대체 뭐냐고!'

그가 아는 정일환은 능히 그러고도 남을 인간이었다.

자신의 권위에 도전하는 자는 그것이 설혹 친동생이라고 해도 턱밑에 비수 하나쯤 박아두는 거야 아무렇지 않게 할 수 있는 여우처럼 교활하고 뱀처럼 차가운 인간이다.

어쩌면 김형욱은 알고 있었던 게 아닐까?

한진테크의 변화된 사정을 속속들이 알고 있으면서도 자신에게 감춘 것은 아닐까?

아무 방비도 못 한 채 속수무책으로 당할 수밖에 없도록.

정일환의 지시에 의해.

그렇게 자신의 등에 배신의 비수를 꽂은 것은 아닐까?

애초에 김형욱처럼 철두철미한 사람이 그런 자리에 나가기 전에 한진테크의 지분 변화를 체크하지 않았다는 것이 말이 되지 않았다.

생각이 거기까지 이르자 정철환의 얼굴은 더욱 일그러졌다.

하지만 그것은 김형욱에 대한 배신감이나 자신을 가지고 논 정일환에 대한 분노가 아니었다.

분노조차도 할 수 없을 만큼 철저하게 뭉개진 패배감이었다.

*　　　*　　　*

[권혁준(18세) 한진테크 지분 67% 소유]

[한성재(25세) 한진테크 지분 9% 소유]

[이진석(25세) 한진테크 지분 9% 소유]

[신용운(24세) 한진테크 지분 9% 소유]

정일환은 김형욱이 준 서류를 살피고 있었다.

"이들이 한진테크의 최대 주주라고?"

"예."

"너무 어리잖아? 혹시 어디 정재계 쪽 집안의 자제들인가?"

"그건 아닌 것 같습니다. 조사한 바로는 권혁준을 제외하곤 고아 출신인지 전부 가족이 없었습니다. 권혁준의 부친도 그저 평범한 회사원이었습니다."

"그런데 어떻게 그 어린 나이에 한진테크의 최대 주주가 되었단 말인가? 대체 뭐하는 애들이야?"

"거기까지는 아직……. 좀 더 조사해 보겠습니다."

"흠……."

이해할 수 없다는 듯 고개를 갸웃거린 정일환이 다시 서류로 눈을 돌렸다.

그러다 물었다.

"그런데… 왜 94퍼센트지? 남은 6퍼센트는?"

"3퍼센트 정도는 개미들 사이에서 돌고 있긴 한데 나머지

3퍼센트는 확인이 되지 않고 있습니다. 매입 경로도 불분명하고. 그런 걸 보면 사채 쪽에 묶여 있을 가능성이 크긴 합니다만……."

"그럼 한진테크 대표 한성진은 정작 가진 지분이 하나도 없다는 건가?"

"예, 무슨 이유에선지 권혁준에게 자신의 지분을 모두 넘긴 상태입니다. 부도 위기를 벗어난 직후에는 한성재, 신용운, 이진석 이 세 사람이 시장에 휴지 조각이 되어 떠돌고 있던 나머지 투자 지분을 죄다 긁어가다시피 했고요."

"그래?"

순간 정일환의 눈빛이 반짝였다.

"음, 그렇단 말이지?"

권혁준을 비롯한 세 사람의 이름을 하나하나 훑어가는 정일환의 눈빛은 왠지 의미심장하면서도 날카로웠다.

제10장
너도 주식 하냐?

한편, 정일환이 그렇게 의미심장한 눈빛을 빛내고 있을 때 혁준은 다른 것에 빠져서 열을 내고 있었다.

"아뇨, 제 말씀대로 하라니까요! 3시 30분이 되면 전량 매도하라고요! 일부가 아니라 전량이요, 전량! 아, 글쎄, 매니저님 판단이니 시장 상황이니 그딴 거 다 필요 없으니까 내가 하란 대로만 하라고요!"

쾅―!

혁준은 전화기를 부술 것처럼 거칠게 수화기를 내려놓았다.

"어디서 자꾸 사람을 가르치려고 들어? 아무리 고등학생이라지만 내가 지들 학생이야? 고등학생이라는 이유로 어떻게 하나같이 무시하며 깔고 들어가는 거냔 말이지."

가진 자산이 많이 늘었다.

많이 늘어난 만큼 투자사도 늘렸다.

그런데 새로운 투자사와 새롭게 거래를 틀 때마다 매번 이런 문제가 생겼다.

주식 하나를 거래하는데도 이런저런 토를 달기 일쑤다.

'고객님, 이건 단타로 치고 빠지기에는 리스크가 너무 큽니다. 원래 단기 투자라는 게 오히려 장기 투자보다도 더 동향을 세심하게 살피고 그 회사의 비전이나 경영 마인드, 현재의 재정 상태 등을 꼼꼼하게 파악해야 하는데 고객님 같은 경우는 너무 투자를 막 하는 경향이 있습니다. 처음 한두 번이야 운이 좋아 이득을 봤다지만 이래 가지고는 나중에 크게 후회하시게 될 겁니다. 이번 건도 단타라면 여기보다는 용구산업 쪽을 일단 5만 주 정도를 매입하는 게 훨씬 더 높은 이윤을 얻게 될 겁니다.'

마치 자신이 짚어주는 것만이 정석이고 정답인 양, 일류대학 나오고 일류 펀드매니저로 자리를 잡은 것이 무슨 대단한 벼슬이기라도 한 양 혁준의 의견을 무시하며 그렇게 잘난 척을 해댄다.

혁준이 투자하는 돈의 액수가 커지면 커질수록 오히려 그런 참견은 더 심해졌다.

심지어 혁준의 돈으로 자신의 커리어라도 쌓으려는 듯 어떤 곳은 일임매매계약(매니저가 알아서 주식을 사고파는 것)을 강요하는 곳도 있었다.

'내가 무슨 지들 물주냐고!'

물론 적게는 서너 번, 많게는 대여섯 번의 거래를 마치고 나면 그런 참견이나 무시는 이내 사라져 버리지만, 마치 신고식처럼 새롭게 거래를 틀 때마다 이런 진통을 겪어야 하는 게 너무나 피곤했다.

더구나 지금은 그런 참견을 참아줄 만큼 시간이 여유롭지가 못했다.

중국과의 수교로 인해 중국 관련 주가 그야말로 널뛰기를 하고 있었다.

가뜩이나 장이 서는 시간과 학교 시간이 겹쳐서 여러 가지로 제약이 많은 상황에 1분 1초를 다투는 투자에 매니저가 자신의 지시대로 재깍재깍 움직여 주지 않으니 매 쉬는 시간 10분이 혁준에겐 전쟁이나 다름없었다.

"그냥 당분간은 분산하지 말고 한 군데에 맡겨 버릴까?"

그 순간 떠오르는 곳은 조아증권이었다.

그가 처음으로 주식 거래를 한 곳.

그의 첫 거래를 맡았던 대리 남형필이 아직도 그를 담당하고 있었다.

첫인상은 별로이던 사람이다.

어리다는 이유로 무시하고 깔보던 건 다른 펀드매니저와 하등 다를 게 없었다.

하지만 영리한 사람이었다.

세 번의 거래를 마친 후부터 태도가 완전히 달라졌다.

그리고 지금까지 그의 지시에 단 한 번도 토를 달지 않고 수족처럼 움직여 주고 있었다.

"남 대리한테 거래를 맡길 때가 가장 편하긴 한데……."

그래도 역시 한 곳에만 집중하는 것이 부담스러웠다.

하지만 갈등은 오래가지 않았다.

이틀 후 우연히 본 신문기사 하나가 결심을 굳히게 만들었다.

[벤처 전성시대 도래하는가? 벤처 투자, 그 명과 암은?]

메가바이오, 한진테크 등 벤처 산업을 선도하는 대표 기업들의 약진으로 국내에서도 서서히 벤처 산업이 태동을 시작했고, 그에 따라 벤처 투자 쪽으로 자금이 움직이고 있지만 아직은 어디까지나 걸음마 단계라서 리스크가 크기 때문에 투자에 신중해야 한다는 요지의 기사였다.

그렇잖아도 이제는 뭔가를 시작해야 할 때라는 생각을 하고 있었다. 통장에는 그가 이전 삶에서는 상상도 못 한 거액이 쌓여 있고 또 하루가 다르게 늘어나고 있었지만 그것만으로는 채워지지 않는 어떤 허전함 같은 것이 그를 자꾸만 무료하게 만들었다.

더구나 가격제한폭이라는 한계 때문에 시원한 스트레이트 펀치 없이 잽만 날려대는 기분이었다. 아니, 손에는 핵미사일 급의 무기를 가지고 있는데 소총질만 해대는 기분이었다.

답답했다.

뭔가 한 방에 대한 짜릿함이 그리웠다.

한진테크를 살리고 키우며 얻게 된 성취감 때문일 것이다.

그 성취감, 그 짜릿함이 마약과도 같은 갈증을 일으켰다.

그때 그 기사를 본 것이다.

기사를 본 순간 바로 이거다 싶었다.

벤처 붐이 일어나는 게 1996년이다.

기사대로 아직은 걸음마 단계다.

하지만 앞으로 3, 4년 후면 한국은 벤처 붐에 휩싸인다.

벤처 회사들이 우후죽순처럼 생겨나고 또 그보다 빠르게 사라진다.

한진테크처럼 자본이 부족해서, 혹은 기술이 부족해서, 혹은 대기업 권력에 눌려서, 혹은 대기업 자본에 먹혀서…….

'그들을 찾아서 한진테크처럼 키우지 못하리란 법도 없잖아?'

성공할 수 있는 충분한 가능성이 있음에도 현실의 벽에 막혀서 넘어지게 될 곳을 찾아서 제2의 한진테크, 제3의 한진테크로 키운다.

그들을 지원할 자금이 있고 그들을 도울 기술이 있다.

그것이 세계를 상대로 장사를 할 수 있을 만큼 가치가 있는 기술이라면 대기업의 횡포 따위는 아무것도 아니라는 것을 이미 한진테크를 통해서 경험했다.

게다가 3, 4년 후에 벤처 붐이 일어난다는 것은 그 벤처기업들이 지금쯤이면 대부분 준비 단계에 들어가 있다는 뜻이다. 그리고 대개 벤처기업의 준비 단계라는 건 자금 압박과 기술 부족으로 끊임없이 좌절하고 절망하는 단계이다.

이럴 때 내미는 도움의 손길은 그들에게 더 소중하고 더 크게 와 닿을 수밖에 없었다. 그건 곧 한진테크만큼은 아니더라도 그들로부터 수익과 특허권에 대해 만족할 만큼 충분한 지분을 얻어낼 수 있다는 뜻이다.

'아니, 이참에 그냥 벤처 단지를 만들어 버려?'

가능성 있는 벤처기업을 찾아서 지원을 해주는 한편으로 실리콘밸리 같은 벤처 단지를 만들어서 벤처기업들을 그 안에 모은다. 그러면 벤처 단지에 들어온 기업들은 그의 지원 아래 하나둘 성공 사례를 남길 것이고, 그것이 쌓이면 그 벤처 단지는 단숨에 대한민국 벤처 산업의 메카가 될 것이다.

그리고 그때가 되면 거기에 입주하는 것이 대한민국에서 벤처를 시작하는 사업가들의 가장 큰 꿈이자 목표가 될 것이다.

'물론 그렇게 되면 나한테 떨어지는 수익도 어마어마할 테고.'

생각만으로도 흥분되는 일이었다.

혁준은 그날부터 지원해 줄 만한 벤처기업을 물색하는 한편 벤처 단지 만들기에 돌입했다.

그런데 그게 생각처럼 간단하지가 않았다.

인가를 받는 데만 밟아야 할 절차가 한두 가지가 아닌 데다 시간도 오래 걸렸고, 무엇보다 가장 큰 문제는 돈이었다.

인가 건이야 뒷논 좀 찔러주니 어렵지 않게 해결이 되었는데 정작 지금 가지고 있는 자금으로는 부지 매입부터 건물, 기술 연구에 필요한 전반적인 설비 등을 갖추기에는 턱없이 부족했다.

역시 예산이 만만치 않았다. 당장 필요한 초기 자본만 해도 충당하기가 벅찼다.

"부족한 자금을 어떻게 끌어모으지?"

이럴 줄 알았으면 기술제휴를 분할이 아니라 일시불로 할 것을 그랬다. 국내 기업이야 일시불로 할 자금력이 안 된다지만 해외 유명 자동차 회사들한테야 크게 어려울 것도 없는 금액이었다. 돈이 이렇게 아쉬워질 줄 모르고 관례에 따른 게 뒤늦게 후회가 됐다.

"이거 참, 이젠 돈 걱정 좀 안 하고 사나 했더니……."

어쨌든 그 바람에 제대로 돈독이 오른 혁준이다.

그렇게 돈독이 올라 있는데 매니저란 작자들이 자꾸만 속을 긁어대니 분산이니 뭐니 생각하기도 전에 자연스럽게 조아증권의 남형필만 찾게 됐다.

그날도 점심시간 내내 교내 공중전화를 이용해 남형필과 통화를 한 혁준이다. 그렇게 통화를 마치고 돌아서는데 누군가 그의 앞을 막아섰다.

"너 요즘 주식 하냐?"

민수였다.

"뭐?"

"딱 들어보니까 주식 얘기던데, 주식 하는 거 맞지?"

"관심 꺼서."

혁준은 늘 그랬듯이 민수의 말을 그렇게 일축하고는 교실로 향했다.

민수 또한 그러거나 말거나 혁준의 뒤를 따라오며 조잘거렸다.

"근데 너 아까 분위기 안 좋던데."

무시했다.

"잃었냐? 잃었어? 얼마 잃었어?"

계속 무시했다.

"나 좋은 소스 하나 있는데 가르쳐 줄까?"

순간 혁준은 자리에 앉다 말고 멈칫했다.

좋은 소스라는 말에 본능적으로 반응하는 거 보니 돈이 궁하긴 궁한가 보다.

하지만 이내 다시 시큰둥해져서는 자리에 앉았다.

아무리 좋은 소스라고 한들 어디 스마트폰만 하겠는가.

그래도 궁금하긴 했다.

"너도 주식 하냐?"

"뭐, 내가 하는 건 아닌데, 아빠가 그쪽으로는 빠삭하거든. 가르쳐 줄까?"

"뭔데?"

"아빠가 어제 아빠 친구랑 얘기하는 거 들었는데, 용구산업이 지금 장난 아니래. 이번에 중국 쪽이랑 큰 계약이 성사돼서 주식만 사놓으면 무조건 대박 터질 거라던데?"

민수의 말에 혁준이 잠깐 움찔했다.

'용구산업?'

귀에 익은 이름이다.

얼마 전 그를 짜증나게 하던 천우증권의 매니저가 5만 주 정도는 매입해 두는 게 좋을 거라며 매수를 권한 곳이다.

'흠, 거기가 괜찮긴 괜찮은 건가?'

호기심이 들기도 했지만 그건 어디까지나 잠시잠깐 스쳐지나는 생각에 불과했다.

앞으로 한 달 동안의 주식 동향은 이미 다 체크해 보았다.

그중에 가장 이윤이 큰 곳만 따로 목록을 뽑아서 이미 투자를 시작했다. 다시 말해 용구산업이 그 목록에 없다는 것은 지금 투자하고 있는 곳 이상의 이윤은 내지 못한다는 뜻이다.

"나도 예전에 아빠가 만들어준 주식 계좌는 하나 있는데… 이참에 나도 주식이나 한번 해볼까? 솔직히 축구 내기 백날 하는 것보다 주식 하나 제대로 터뜨리는 게 훨씬 이득이잖아?"

민수의 말에 혁준이 다시 민수를 보았다.

이번엔 호기심이 아니라 걱정이었다.

"괜히 까불다 다치지 말고 정신 차리시게. 주식 잘못하다 패가망신하는 사례 못 들어봤냐?"

"이거 왜 이래? 내가 너처럼 어설픈 줄 알아? 나 김민수야. 내가 마음먹고 하면 주식 정도야 우습다고."

자신만만하게 가슴을 팡팡 두드린다.

혁준은 뭐라 더 말하려다가 관뒀다.

'그러다 쫄딱 망하든 말든 내가 상관할 바 아니니까. 어차피 지 인생이고 지 팔자지, 뭐.'

그렇게 신경을 끊었다.

그런데 다음 날이었다.

혁준이 학교에 도착하자마자 기다리고 있었다는 듯 쪼르르 달려온 민수가 그 앞에 손가락 두 개를 펴며 브이 자를 그렸다.

"2만 원!"

"……?"

"2만 원 올랐어!"

잠시 무슨 말인가 싶어서 의아해하던 혁준은 이내 그 행동의 뜻을 알아차렸다.

혁준이 물었다.

"얼마 투자했는데?"

"50만 원."

순간 혁준은 두 가지에 놀랐다.

하나는 민수에게 50만 원이나 투자할 돈이 있었다는 것에 놀랐고, 또 하나는 50만 원을 투자해서 하루 만에 이만 원을 벌었다는 것에 놀랐다.

'부자라는 소문은 들었지만…….'

50만 원이면 고등학생의 용돈치고는 정말 많았다.

하지만 달리 생각해 보면 딱히 부자가 아니라 해도 돈이 되는 일이라면 워낙에 이것저것 손을 안 대는 곳이 없는 인간이니 그리 이상히 여길 일은 아니었다.

그보다는 50만 원을 투자해서 하루 만에 이만 원을 벌었다는 게 더 놀라웠다.

4퍼센트다.

4퍼센트면 거의 가격제한폭에 근접한 수익률이다.

"나 정말 이러다 떼부자 되는 거 아냐? 이대로 한 달만 있으면 100만 원도 채우겠는데? 그치?"

생각만 해도 흥분되는지 얼굴이 상당히 상기되어 있다.

확실히 하루 수익률이 4퍼센트라면 떼부자 되는 것도 꿈은 아니다. 하지만 그 수익률이 그대로 유지될 가능성이 거의 제로에 가깝다는 것이 문제라면 문제였다.

그런데 예상외로 그 다음 날도, 또 그 다음 날도 민수는 신이 난 얼굴로 혁준을 찾아왔다. 심지어 첫날 4퍼센트이던 수익이 둘째 날은 가격제한폭인 4.6퍼센트를 찍어 상한가를 쳤다. 그쯤 되고 보니 관심이 가지 않을 수 없었다.

'혹시 내가 주식 목록을 뽑으면서 실수로 하나 빠뜨린 건가?'

그런 생각도 들었다.

혁준은 혹시나 하는 생각에 학교가 파하자마자 곧장 집으로 돌아와 용구산업을 검색해 보았다.

그리고 기사 하나를 찾았다.

[1992년 12월 18일. 용구산업, 테마주를 가장한 작전주로 드러나 브로커 제럴드 박과 공모한 용구산업 사장 이강진은 주가조작 혐의로 구속 입건.]

12월 18일이면 바로 오늘이다.

심지어 TV를 켜니 9시 뉴스에서도 그 기사가 흘러나오고 있었다.

'민수 녀석, 지금쯤이면 완전히 똥 밟은 얼굴이겠군.'

민수한테야 미안한 일이지만 그 얼굴을 상상하자니 이상하게 입술을 비집고 자꾸만 웃음이 새어 나온다.

아니나 다를까, 다음 날 완전히 똥 밟은 얼굴로 나타난 민수였다.

"나 좆됐다."

어제까지의 그 기고만장하고 꿈에 부풀어 있던 얼굴은 온데간데없었다. 이미 반쯤 죽었는지 혼백이 머리 위를 둥둥 떠다니고 있는 그런 얼굴이었다.

차라리 잘되었다 싶었다.

주식에 맛들이기 전에 쓴맛부터 톡톡히 보았으니 앞으로 패가망신할 일은 없을 것이 아닌가.

그래서 위로 삼아 한마디 해줬다.

"인마, 액땜했다고 쳐. 주식 무서운 거 깨닫는 데 50만 원이면 싸게 먹힌 거야. 좋게 생각하라고."

그런데 민수의 이어진 대답이 혁준의 위로를 부질없게 만들어 버렸다.

"50만 원이 아니라고."

"뭐?"

"주식이 막 오르기에 그만 욕심이 나서……."

"욕심이 나서?"

"아빠가 조기축구회 회장 겸 총문데… 그래서 조기축구회비가 장롱에 있었는데……."

"설마 그걸 훔친 거야?"

"딱 하루만 부었다가 빼려고 했지. 하루만 부었다가 빼서 원금은 그대로 갖다 두려고 했는데… 주식이 막 오르니까… 그런데……."

용구산업이 작전주였다는 게 밝혀져 버린 것이다.

"대체 얼마를 훔친 건데?"

"120만 원……."

"뭐, 120? 야, 고삐리 주제에 간덩이가 부어도 정도껏 부어야지! 뭐, 120? 아주 돌았구만, 돌았어!"

그렇게 민수를 쏘아붙이던 혁준의 눈에 문득 옆자리의 창수가 보였다.

그러고 보니 오늘 이상하게 표정이 어두운 창수다.

한숨을 푹푹 내쉬는가 하면 지금은 아예 나라라도 잃은 얼굴을 하고 있다.

"창수 너도 무슨 일 있냐?"

예전 같으면 말도 못 붙일 악귀 창수지만 그런 카리스마는 이미 사라진 지 오래였다.

자신을 볼 때면 마치 주인 만난 강아지 눈을 했다.

한 번씩 툭툭 내뱉는 말도 영웅이니 외계 행성이니 지구를 구한다느니, 심지어 자신이 가장 존경하고 닮고 싶은 위인이 배트맨의 집사 알프레드란다.

지금 생각해도 어이없고 허탈했다.

아니, 청춘의 한 장이 더럽혀진 것 같아서 살짝 배신감마저 들었다.

'열여덟 살의 내가 그토록 동경하던 녀석이 이런 덜떨어진 히어로 오타쿠였을 줄 낸들 어떻게 알았겠냔 말이지.'

그래도 평상시와 다른 창수의 상태가 조금 걱정스럽긴 해서 물어본 것인데, 잠시 머뭇하던 창수가 어렵게 말을 꺼냈다.

"그게… 니가 요즘 돈이 좀 궁한 거 같아서… 사람이 큰일을 하다 보면 돈이 필요할 때도 있고 뭐 그런 거니까… 그래서 나도 좀 도울 수 있을까 해서……."

"설마 너도 주식에 손댔어?"

"저 녀석이 하도 용구산업, 용구산업 하니까……."

"그래서 넌 얼마를 잃었는데? 너도 혹시 부모님 지갑에 손댄 거냐?"

"그게… 엄마 곗돈이랑 이것저것……."

"이것저것?"

"엄마 목걸이랑 반지랑 뭐 이것저것……."

이 녀석, 무섭다.

뭐랄까, 뭔가에 한번 꽂히면 정말이지 대책 없는 그런 타입?

오타쿠들의 대책 없음은 이미 바보 삼형제를 통해 충분히 겪어본 터라 목걸이랑 반지랑 뭐 이것저것에서 뭐 이것저것이 뭔지 더 묻기조차 겁났다.

"그래서 얼만데? 얼마나 넣었는데?"

"사백."

"뭐, 얼마?"

"사백만 원."

"하하, 하하하, 하하하하……."

사람이 너무나 어이가 없으면 웃음이 나오나 보다.

하하! 이보라고, 이봐. 더 이상 내 어린 날의 영웅을 더럽히지 말란 말이야!

4만 원도 아니고 40만 원도 아니고 400만 원이라니?

고등학생 둘이서 집에서 훔쳐 낸 돈이 자그마치 520만 원이라니?

'뭐 이런 골 때리는 것들이 다 있어?'

이 순간 혁준은 뼈저린 교훈 하나를 얻었다.

20세기든 21세기든 시대에 상관없이 고딩은 무섭다는 것.

*　　　*　　　*

이런저런 사건 사고를 거친 끝에 드디어 기다리던 겨울방학이 되었다.

'이젠 좀 숨통이 트이겠네.'

겨울방학이 되었으니 시간이 한결 여유로워질 거라 생각했다.

하지만 막상 혁준의 겨울방학은 그렇게 한가하지를 못했다.

벤처 단지 건설 작업이 본격적으로 들어갔고, 그런 만큼 처리해야 할 일이 한두 가지가 아니었다. 그나마 한진테크에서 연말이라 특별 배당금이 나와 급한 자금 문제는 해결되었지만, 절차상의 행정 문제부터 법적인 제약까지 해결할 것이 한두 가지가 아니라 이리저리 정신없이 뛰어다니다 보면 하루가 어떻게 갔는지도 모르게 눈 깜짝할 새 지나가 버렸다.

"이젠 정말 나 혼자로는 무리겠는데?"

벤처 단지가 아직 만들어지기 전인데도 이러면 앞으로 벤처 단지가 만들어진 후에는 바빠질 것이 불 보듯 뻔했다.

게다가 행정이나 법적인 일도 제대로 된 지식이 없다 보니 괜히 이리저리 뺑뺑이나 돌면서 시간을 허비하는 게 다반사였다.

이런 방면에 전문적인 지식을 가진 사람이 절실히 필요했다.

'법무팀도 알아보긴 알아봐야겠지만…….'

그보다 먼저 앞으로 그의 수족이 되어서 움직여 줄 비서진이 더 시급했다.

혼자서 사방으로 뛰어다니려니 정말이지 시간이 너무나 빠듯했다.

'방학인데도 이러면 개학하고 나면 정말 대책이 안 서는데…….'

그는 고민 끝에 비서를 채용하기로 결정했다.

그렇게 결정을 내린 혁준은 먼저 바보 삼형제의 의견부터 물었다.

보기엔 저래도 앞으로 벤처 단지의 중심이 될 그의 최측근이다. 비서진을 채용하게 되면 비서와 가장 빈번하게 만나야하는 사람도 역시 바보 삼형제였기에 채용 조건에 관해서 그들의 의견을 적극 수렴할 필요가 있었다.

"여자요."

"예쁜 여자요."

"예쁘고 섹시한 여자요."

그들의 대답이다.

애당초 별 기대 없이 물어본 거라 실망도 없었다.

아니, 솔직히 말하면 그의 생각과 일맥상통하는 부분도 있었다.

이왕이면 다홍치마라고, 칙칙한 남자보다야 향긋한 미녀비서가 백번 나으니까.

물론 그것이 채용 기준이 되지는 않았다.

그가 비서를 뽑음에 있어 무엇보다 우선해야 할 것은 남자든 여자든 외모가 어떠하든 그런 것이 아니라 먼저 그 사람의 됨됨이였다.

그의 곁에서 수족처럼 움직여야 하고, 그러다 보면 거액을 만질 일이 숱하게 생길 텐데 그 됨됨이를 믿을 수 없는 사람이라면 제아무리 외모가 뛰어나고 능력이 출중해도 의미가 없었다.

"문제는 그런 사람을 어떻게 구하냐 하는 건데… 일단 신문에 모집 광고를 내볼까?"

혁준이 그런 생각을 하고 있을 때였다.

한성진에게서 연락이 왔다.

"내일 KS컨설팅사에 가볼 생각인데 권 대표님도 같이 가시면 어떨까 해서 연락드렸습니다."

"KS컨설팅사요? 거기가 뭐하는 곳인데요?"

"아, 기업 경영 전문 컨설팅 회사입니다. 사실 저야 기계만 만질 줄 알지 경영에는 젬병이 아닙니까? 회사는 나날이 커지고 있는데 언제까지 주먹구구식으로 운영할 수는 없는 노릇이고… 그래서 한번 자문이나 구해볼까 하구요."

한성진의 말에 귀가 번쩍 틔었다.

그렇잖아도 그 역시 요즘 들어 여러 가지로 무식의 한계를 절절히 느끼고 있는 중이었다.

"저도 같이 가요. 몇 시에 어디로 가면 되죠?"

*　　　*　　　*

KS컨설팅사와의 미팅은 오전 10시로 잡혀 있었다.

한진테크에서 한성진을 만난 혁준은 시간에 맞춰 곧장 KS

컨설팅사를 찾아갔다.

기업 컨설팅이라 하면 미국이나 해외 선진국에서야 기업을 경영하는 데 있어 필수불가결한 곳으로 인식되어 있지만 이 당시의 한국에서는 상당히 생소한 분야였다.

그럼에도 KS컨설팅사는 업계 최고라는 타이틀로 기업인들 사이에서 꽤나 유명했다.

한국 경제의 두뇌이자 심장이 되겠다는 야심과 패기로 한국 최고의 브레인들이 그곳에 모여 있었기 때문이다.

아무튼 그렇게 그들이 KS컨설팅사에 도착하니 한진테크라는 이름 때문인지 대표가 직접 두 사람을 맞이했다.

"KS컨설팅의 대표 신동욱입니다."

스스로를 신동욱이라 밝힌 KS컨설팅 대표는 딱 보기에도 먹물 냄새가 나는, 그러면서도 자신감과 패기가 느껴지는 삼십 대 중후반의 사내였다.

"한진테크의 한성진입니다."

"하하, 벤처계의 신화이자 한국 경제계의 신성을 어찌 모르겠습니까? 이렇게 저희 KS컨설팅을 찾아주셔서 정말 영광입니다. 그런데 이분은?"

신동욱의 눈이 혁준을 향했다.

"저희 한진테크의 1대 주주이신 권혁준 대표님이십니다."

한성진의 소개에 흠칫 놀라는 신동욱이다.

하지만 한성진과의 약속을 잡은 직후 한진테크에 대해서는 이미 조사를 해뒀다. 한진테크의 1대 주주가 아직 고등학생이라는 것도 파악해 둔 상태였다.

신동욱은 이내 놀람을 지우고는 혁준에게 악수를 청했다.

"이거 귀하신 분이 오신 줄도 모르고 인사가 늦었군요. 신동욱입니다."

"권혁준입니다."

"어떻게 하시겠습니까? 바로 업무에 관한 것부터 말씀을 드릴까요, 아니면 저희 회사를 먼저 한번 둘러보시겠습니까?"

"어떻게 하시겠습니까?"

신동욱의 질문을 받아 한성진이 혁준의 의견을 물었다.

"뭐, 일단 한번 둘러나 보죠."

"그럼 제가 두 분을 안내해 드리겠습니다."

신동욱이 먼저 앞장서며 자사에 대한 설명을 이어갔다.

KS컨설팅은 직원이 72명이었고, 15층 건물 중에 8층 건물을 쓰고 있었다.

비록 규모는 작았지만 신동욱의 안내를 받으며 보게 된 회사 내부는 꽤나 알차게 꾸려져 있었다.

경영진단팀, 경영지원팀, 세무자문팀, 기업제도정비팀 등 각각의 팀이 세분화되어 있었고, 그 속에서 움직이는 직원들

또한 한국 최고의 브레인 집단이라는 이름에 걸맞게 하나하나가 상당히 지적인 포스를 풍겼다.

"저희와 계약을 하게 되면 우선 경영진단팀이 한진테크의 전반적인 경영을 평가하게 됩니다. 경영진단팀의 평가가 끝나면 세무자문팀에선 절세 방안을 도출하고 노무자문팀에선 근로자의 급여 제도와 성과 보상 제도를 정비합니다. 기업제도정비팀은 사규와 법무 제도를 손보고 재무설계팀은 기업 재무를 관리하는 한편 필요에 따라선 주식 이동 전략을 수립하기도 하고 부동산 매입 매각을 통해 기업 가치를 조정하기도 합니다."

신동욱의 설명을 들어보니 기업 컨설팅이란 것이 그가 생각하던 것보다도 훨씬 더 세밀한 부분까지 기업 경영에 관여했다.

역시 전문적이고 체계적이다.

듣고 있자니 기업 컨설팅의 필요성을 절감하게 된다.

그런 한편으로 기업 경영이라는 것이 아무렇게나 주먹구구식으로 해서 될 일이 아니란 것도 새삼 깨닫는다.

'한진테크만이 아니라 벤처 단지가 완성되면 그것도 여기다 맡길까?'

잠시잠깐 그런 생각이 들었지만 이내 고개를 저었다.

경영 자문을 구하자면 많은 것을 공개해야 하는데 그러기엔 신동욱에 대해서도, KS컨설팅에 대해서도 아는 것이 너무 없었다.

먼저 역량도 확인해야 하고 신뢰도 쌓아야 한다.

'일단은 한진테크를 맡겨서 한번 테스트나 해보지, 뭐.'

그런 생각을 하며 신동욱을 따라 걷던 중이다.

혁준이 돌연 걸음을 멈췄다.

재무설계팀 앞이다.

"왜 그러시는지……."

혁준의 뒤를 따라 걷던 한성진이 의아해하며 묻다가 이내 쓴웃음을 베어 물었다.

그도 그럴 것이, 여자였다.

혁준의 시선이 멈춘 곳에는 정말이지 뭇 남성들의 눈길을 확 사로잡을 만큼 아름다운 여인이 복사기에서 복사물을 뽑고 있었다.

"왜들 그러십니까?"

두 사람의 그 같은 행동에 신동욱이 의아해하며 물었다.

한성진이 대답했다.

"아니, 저 여성분이 너무 아름다우셔서 말입니다."

"아, 차유경 씨 말씀이군요."

신동욱이 충분히 이해한다는 듯 고개를 끄덕였다.

"차유경 씨라면 우리 KS컨설팅의 꽃이죠. 단지 미모만 출중한 것이 아니라 스펙도 대단합니다. 스펙만 놓고 따지면 우리 회사 내에서도 최상위 클래스를 자랑하니까요."

"어느 정도기에?"

"UC얼바인에서 경제학을 전공하고 하버드에서 경영대학원(MBA)을 졸업했죠. 거기다 세계 최고의 컨설팅 회사인 보스턴 컨설팅그룹 본사에서 2년을 근무했구요. 심지어 영어, 중국어, 불어, 독어까지 4개 국어가 가능한 재원입니다."

"와! 정말 대단한 여성이군요."

한성진이 진심으로 감탄하며 새삼스러운 눈으로 차유경을 보았다.

하지만 혁준의 반응은 한성진과는 사뭇 달랐다.

"그렇게 대단한 재원이 복사나 하고 있단 말입니까?"

혁준의 표정이며 말투가 어딘지 공격적이다.

"그야… 이쪽 일이란 게 워낙에 일이 많고 바쁘다 보니 손이 남는 사람이 저렇게 잡일도 도와주고 해야 회사가 원활이 돌아갑니다."

신동욱이 그렇게 둘러댔지만 혁준의 딱딱하게 굳은 표정은 여전히 풀리지 않았다.

사실 그가 걸음을 멈춘 것은 차유경의 미모가 다시 돌아보지 않고는 못 견딜 정도로 정말 대단해서이기도 했지만, 그것과는 별개로 복사기에서 복사물을 뽑고 있는 차유경의 얼굴이 너무 어둡고 지쳐 보여서다.

아무런 의욕도 의지도 없는 무료하고 무기력한 얼굴.

그 모습에서 자신의 모습이 투영되었기에 이유를 바로 알 수 있었다.

차별.

지금의 한국 사회는 절대적이라 할 만큼 남성 위주의 사회였다. 스펙이 아무리 좋아도 여성이 비집고 들어갈 만한 좁쌀만 한 틈조차 허락되지 않는 것이 작금의 치졸한 현실이었다.

'명색이 한국 최고의 브레인들의 집합소라더니, 뭐 구태의연한 건 여기도 똑같구만.'

불쾌했다.

권위적이고 폐쇄적이며 추악한 단면을 일찍이 그 역시 경험을 한 때문이다.

철저히 학연 위주의 사회에서 대학이 다르다는 이유로 입사하고 2년 동안이나 허드렛일만 해야 했다. 학연 지상주의의 맹신자이던 직속상사 탓에 제대로 성과를 올릴 만한 그 어떤 일도 그에겐 주어지지 않았다. 갓 입사한 신입들조차 당당히 자신의 능력을 발휘하는데 혁준은 그 모든 기회로부터 철저하게 소외되었다.

심지어 그에겐 줄타기조차도 허용되지 않았다.

그리해 상사에게 무시받았고 동료에게 따돌림당했다.

차별의 이유야 다르지만 지금 차유경의 모습이 남의 일처럼 느껴지지 않는 것도 그 때문이다. 물론 차유경이 눈이 휘둥그레지게 예쁘다는 것도 감정을 이입하는 데 한몫을 했지만 말이다.

아무튼 그 바람에 흥이 깨졌다.

이 부조리한 현장을 목격하고 보니 KS컨설팅에 대한 호기심도 싹 가셨다.

"오늘은 이만 하죠. 일단 설명은 충분히 들은 거 같으니까 돌아가서 며칠 신중하게 생각해 보고 결정하겠습니다."

그렇게 KS컨설팅과의 미팅을 마친 혁준은 그길로 곧장 집으로 돌아왔다.

집으로 돌아와서도 마음은 좋지 못했다.

그 불쾌한 기억의 한편으로 차유경의 모습이 뇌리에서 지워지지 않았다.

"차유경이라……. 검색이나 해볼까?"

그만한 스펙이라면 어쩌면 검색이 되지 않을까 싶었는데 역시 인물 검색에 떴다.

사진도 있었다.

지금처럼 화려한 아름다움은 아니었다.

하지만 26년 후의 차유경은 여전히 아름다웠다.

중년의 품격과 멋이 느껴지는 곱고 우아한 자태였다.

새삼 그 변함없는 차유경의 미모에 감탄하던 혁준은 사진 옆에 붙은 프로필을 확인하고는 눈을 동그랗게 떴다.

-보스턴 컨설팅그룹 최고경영자

보스턴 컨설팅그룹이라면 지금이나 26년 후에나 기업 컨설팅 분야에선 세계 최고의 권위를 자랑하는 곳이다.

한국의 작은 회사에서 복사기나 돌리던 그녀가 26년 후에는 자그마치 세계 최고 컨설팅 회사의 CEO가 되어 있는 것이다.

그러고 보니 최고경영자로 임명된 것이 불과 다섯 달 전이다.

'그럼 내가 과거로 온 직후인 건가?'

이런저런 기사들을 더 검색해 봤다.

그러던 중 인터뷰 기사 하나가 눈에 들어왔다.

"세계 굴지의 기업에 여성 CEO로 임명되신 건 아마도 한국인 최초일 듯싶은데 같은 한국인으로서, 같은 여성으로서 정말 자랑스러운 일입니다. 제가 알기로는 수많은 대기업의 프러포즈를 거절하고 신생 기업이나 부실한 중소기업만을 담당해 온 것으로 알고 있는데, 무슨 특별한 이유라도 있습니까?"

"특별한 이유……. 제가 이곳 보스턴 컨설팅그룹에 입사해서 가장 처음 담당한 게 중소기업이었죠. 여러 가지 측면에서 상당히 부실한 기업이었는데 임직원들의 하려는 의지만큼은 정말 강했어요. 그래서 저도 꽤나 의욕적으로 일했죠. 덕분에 1년이라는 짧은 시간에 꽤 건실한 기업으로 탈바꿈할 수 있었고요. 그때 얻은 성취감은 정말 최고였어요. 당신들의 노력이 가장 큰 힘이었는데도 제게 진정으로 감사해하시던 그분들의 얼굴은 아마 평생 못 잊을 거예요. 아직도 명절이나 생일이면 잊지 않고 선물까지 보내주고 계시죠. 그래서인지 전 사실 대기업 컨설팅에는 별로 매력을 못 느껴요. 대기업이야 전담 회계사부터 세무사, 변호사, 노무사 등등 전문 인력들이 이미 다 경영 지원을 하고 있지만 중소기업은 그렇지가 않거든요. 세세한 부분까지 다 신경을 쓰고 손을 대야 하죠. 더구나 의뢰비도 적어서 경영 진단부터 재무 설계에 이르기까지 저 혼자서 그 모든 걸 책임져야 할 때도 있고요."

"상당히 고단한 일이겠군요."

"예, 고단하죠. 하지만 고단한 만큼 보람도 있고 성취감도 있어요. 그렇게 쌓은 경험과 경력이 결국 지금의 나를 이 자리에 있게 만든 것이니까요."

인터뷰를 읽는 동안 혁준은 가슴이 뜨거워지는 것을 느꼈다.

그 후로도 차유경에 대해 검색할 수 있는 건 다 검색해 보았다.

가족 관계, 이루어낸 성과, 성격, 대인 관계 등등······.

그리해 내린 결론은,

"이 여자다!"

차유경이라면 자신의 부족한 부분을 완벽하게 채워줄 수 있을 것 같았다. 그리해 아직 걸음마 단계인 자신에게 날개를 달아줄 것 같은 확신이 들었다.

미모에 능력, 인성, 거기에 그녀에게서 느낀 인간적인 동질감까지.

"이보다 더 어떻게 완벽하겠냐고!"

혁준은 바로 차유경의 연락처를 알아내 전화를 걸었다.

뚜루루루루, 뚜루루루루, 뚜루루루루.

세 번의 벨이 울리고,

딸칵.

누군가 전화를 받았다.

—여보세요.

젊은 여성의 목소리.

혁준은 한차례 심호흡을 하고 물었다.

"거기 차유경 씨 댁입니까?"

—예, 제가 차유경인데요. 누구세요?

"저는 기가스 테크놀로지 대표 권혁준입니다. 차유경 씨를 저희 회사로 모시고자 이렇게 전화를 드렸습니다."

—예?

"차유경 씨, 저희 기가스 테크놀로지와 같이 일해보지 않으시겠습니까?"

제11장
네 번째 직원

"그럼 일요일 12시에 신촌에서 뵙겠습니다."

그 말을 끝으로 전화를 끊었다.

차유경은 전화가 끊기고도 한참을 가만히 수화기만 내려다보고 있었다.

"후우……."

이어서 흘러나온 한숨은 깊게 가라앉아 있다.

차유경이 2년 동안 근무한 보스턴 컨설팅그룹을 그만두고 한국에 돌아온 것은 어머니가 위암 판정을 받았기 때문이다.

다행히 일찍 발견한 덕분에 목숨이 위험한 정도는 아니었다. 그래서 그녀의 부모도 그녀가 힘들게 쌓은 커리어를 포기하고 한국으로 돌아오는 것을 극구 말렸다.

하지만 암 판정까지 받은 어머니를 두고는 차마 미국으로 돌아갈 수 없었다. 게다가 자신의 실력이면 어디에서건 충분히 자신의 커리어를 다져 나갈 자신이 있었다.

그러나 한국 사회는 그녀가 생각하던 것보다도 훨씬 더 폐쇄적인 곳이었다.

어느 회사도 자신에게 일을 맡기려 하지 않았다.

단지 자신이 여자라는 이유로 무시하고 못미더워했다.

지원팀에 여자가 끼어 있다는 것만으로도 불쾌해하는 기업주들이 태반이었다.

여자가 자동차 운전대를 잡는 것조차 못마땅하게 여기는 시대에 자신들이 수십 년간 피땀으로 키워온 회사의 운전대를 여자한테 맡길 만큼 사고가 트인 기업주는 없었던 것이다.

그렇게 대외적인 업무에서 하나둘 소외되다 보니 그럭저럭 괜찮았던 회사 내부 분위기마저도 점차 '그러면 그렇지. 여자가 무슨'이라는 기조가 형성되었다.

힘들게 기획서라고 올려봐야 목차조차 읽지 않고 쓰레기통으로 향하기 일쑤였다.

그러한 분위기 속에서 차츰 짐 더미 취급을 받게 되었고, 이 부서 저 부서 떠밀리듯 옮겨 다녔다. 그렇게 부평초처럼 떠돌다 지금의 재무설계팀에 와서는 아예 지난 4개월 동안 한 일이라곤 커피 타고 복사기를 돌린 것 말고는 아무것도 없었다.

고민하고 있었다.

어머니의 병환도 많이 좋아진 상태라 차라리 다시 미국으로 돌아가서 공부나 더 할까 싶기도 했다.

그러던 중에 혁준으로부터 전화가 걸려온 것이다.

자신을 스카우트하겠다며.

기가스 테크놀로지?

이름도 생소한 곳에서.

그런데도 선뜻 거절을 못 하고 일단 만나보기로 한 것은 단순히 호기심이 생긴 것도 있지만, 거기에 더해서 그만큼 지금 자신의 답답한 현실에서 탈출구가 간절히 필요했기 때문이다.

그리해 차유경은 신촌의 주니엘이란 레스토랑에서 혁준을 만났다.

* * *

'호오!'

혁준은 레스토랑으로 들어서는 차유경을 보며 새삼 감탄

했다.

KS컨설팅에서 보았을 때와는 또 달랐다.

그때의 딱딱한 정장 차림에 어둡던 표정이 비해 지금은 가벼운 마음으로 온 건지 청바지에 스웨터, 연두색 파카를 입고 있었는데 그 모습이 한결 밝고 활기차 보여서 주위의 시선을 끌었다.

잠시 그렇게 차유경의 미모에 감탄하고 있던 혁준은 차유경이 이리저리 주위를 둘러보며 자신을 찾는 듯하자 손을 들었다.

"차유경 씨, 여깁니다."

그제야 유경이 혁준을 보았다.

그리고는 어리둥절한 표정을 짓는다.

그도 그럴 것이, 너무 어린 사람이 나와 있는 것이다.

이미 그 정도의 반응은 예상하고 있던 혁준이 먼저 차유경에게 다가가 손을 내밀었다.

"제가 그때 통화한 기가스 테크놀로지 대표 권혁준입니다."

차유경이 이내 눈살을 찌푸렸다.

"그쪽이 대표님이시라구요?"

"일단 앉으시죠."

혁준의 권유에 차유경이 자리에 앉았다.

그렇게 마주 앉은 혁준이 짐짓 대수롭지 않다는 듯 웃으며 물었다.

"제가 너무 동안이라 놀라셨습니까?"

"동안… 이신가요?"

차유경이 미심쩍어하는 눈으로 혁준을 살폈다.

"제가 열아홉 살로 보이십니까?"

"예?"

"제가 열아홉 살로 보이면 동안이 아닌 거고, 그보다 어리게 보이면 동안인 겁니다."

혁준의 말에 차유경의 미간이 조금 더 선명하게 찡그려졌다.

"그럼 열아홉 살이라는 건가요?"

"예, 올해로 열아홉이 되었습니다. 학기가 시작되면 고3이죠."

동안은커녕 노안이다.

아니, 노안까지는 아니지만 워낙에 정장을 멋스럽게 차려입고 있어서 적어도 그보다는 두어 살은 더 많아 보였다.

어이없어하는 차유경을 보며 혁준은 싱긋 웃었다.

"고등학생이 대표라고 하니까 애들 장난 같죠?"

그렇잖아도 애들 장난질에 놀아난 건가 하는 생각을 하던 참이다.

"장난… 인가요?"

"장난 아닙니다. 차유경 씨를 저희 기가스 테크놀로지에 스카우트하고자 하는 것도 진심이구요."

"기가스 테크놀로지가 무슨 회사죠? 아니, 그전에 저에 대해선 어떻게 알고 이런 제안을 하시는 거죠?"

"차유경 씨에 관해서라면 어떤 부분에서는 차유경 씨 본인보다도 더 많이 알고 있다 자신합니다. 음, 이렇게 말하니까 좀 무섭나? 뭐, 스토커 같은 건 아니니 겁내실 필요는 없구요. 아무튼 충분히 조사했고 검토도 했습니다. 그 결과 차유경 씨가 지금 저희 기가스에 꼭 필요한 인재라 판단을 내렸기에 이렇게 프러포즈를 하는 것입니다."

"하지만 전 귀사가 뭘 하는 곳인지도 모르는 상태예요. 회사가 어디에 있는지, 직원이 몇 명인지, 어느 정도의 규모인지 아무것도 모르는데 무슨 결정을 할 수 있겠어요?"

"간단히 말씀드리면 일종의 창투사라고 보시면 됩니다. 그리고 직원은 저를 포함해 현재 네 명이고 사무실은 아직 없습니다."

"예? 아직 사무실이 없다구요?"

"예, 이제 막 시작하는 단계라서 아직 사무실을 구하지 못했습니다. 그래서 미팅 장소로 회사 사무실이 아니라 이곳을 택한 거구요. 미팅을 할 만한 사무실 자체가 없으니까요."

"……."

"믿음이 안 가십니까?"

"믿음을 가질 만한 어떠한 것도 보질 못했으니까요. 대표
란 분은 고등학생에 아직 사무실도 없고… 회사가 존재하긴
하는 건가요?"

"왜, 그런 것일 수도 있지 않습니까. 소위 천재라 불리는
사람들이 어린 나이에 큰 성공을 거뒀다든가……."

"천재세요?"

"아마도 아닐 겁니다."

"그럼 어디 재벌가 도련님이세요?"

"그건 확실히 아닙니다."

"천재도 아니고, 재벌가 도련님도 아니고, 아직 사무실도
없고… 기업이라고 할 수 있을 만한 그 어떤 것도 갖추어지지
않았는데 제가 뭘 보고 귀사에 제 인생을 걸 수 있을까요?"

"그래서 더 좋지 않습니까? 아무것도 갖추어지지 않았으니
까."

"예?"

"아무것도 갖추어지지 않은 신생 기업이나 부실한 중소기
업을 도와서 건실한 기업으로 키우는 것, 그게 차유경 씨가
가장 하고 싶어 하는 일 아닙니까? 보스턴 컨설팅그룹에서 일
할 때 담당하던 아이작 컴퍼니라는 회사처럼 말입니다."

"그걸 어떻게……?"

"말했잖습니까? 차유경 씨에 대해서 충분히 조사하고 검토했다고. 차유경 씨에 관해서라면 차유경 씨 본인보다도 더 많이 알고 있다고."

"……."

"사실 저희가 차유경 씨를 선택한 것도 그런 부분 때문입니다. 아직은 기업으로서의 형태조차 제대로 갖추지 못한 회사다 보니 아예 처음부터 회사의 틀을 잡아줄 사람이 필요했습니다. 그 적임자로 차유경 씨가 가장 적합하다 판단한 것이구요. 어떻습니까? 당신의 손으로 아직 알에서 나오지도 않은 신생 기업을 세계 굴지의 기업으로 키워내는 것, 차유경 씨에게도 꽤나 매력적인 일 아닙니까?"

"세계 굴지의 기업이 될 거라고 확신하시는군요."

"그만한 비전도 없다면 차유경 씨 같은 인재를 탐내지도 않았겠죠."

"그 비전이라는 거, 지금 제게 보여줄 수 있으세요?"

"차유경 씨가 저희 기가스의 파트너가 되신다면 자연스럽게 보시게 될 겁니다."

"지금은 보여줄 수 없다는 말씀인가요?"

"같이 믿고 일할 파트너도 아닌 사람에게 함부로 보여줄 만큼 저희 기가스의 비전이란 것이 그렇게 간단한 것이 아니니까요."

대체 뭘까, 이 터무니없는 자신감은?

단지 세상이 마냥 만만해 보이고 세상이 온통 자신을 중심으로 돌아가고 있다고 믿는 철부지 소년의 근거 없는 패기일까?

아니면 허세?

하지만 진지하게 던져오는 눈빛은 근거 없는 패기로도, 허세로도 보이지 않았다. 오히려 그 눈빛에선 나이에 어울리지 않는 어떤 위엄마저도 느껴졌다.

대체 뭘까, 이 소년은?

어떻게 저 어린 나이에 저런 눈빛을 할 수가 있을까?

중첩되는 의문에 그렇게 혼란스러워하고 있을 때 혁준이보다 목소리를 무겁게 하며 말했다.

"음, 이제 제가 해드릴 수 있는 말은 전부 해드린 것 같으니 다시 한 번 저희의 뜻을 전하겠습니다. 차유경 씨, 최고의 대우를 해드리겠습니다. 저희 기가스와 같이 일해봅시다."

＊　　　＊　　　＊

"며칠만 생각할 시간을 주세요."

혁준의 단도직입적인 말에 차유경이 한 대답이다.

사실 그 자리에서 거절하지 않은 것만 해도 스스로가 다 신기할 지경이다.

대표란 사람은 터무니없이 어리고, 사무실도 없고, 그렇다고 비전을 제시해 주지도 않고, 정확히 뭘 하는 회사인지도 알려주지 않았다.

상식적으로 생각하면 정말이지 말도 안 되는 조건이었다.

일고의 가치도 없는 일이다.

그런 곳에 자신의 미래를 맡기는 것은 정말이지 무모하고 어리석은 일이라 생각했다.

그런데도 그 자리에서 거절하지 못한 것은, 그리고 그 후 지난 삼 일간 잠까지 설쳐 가며 고민하고 갈등하는 것은 어찌 보면 철부지 소년 같고, 어찌 보면 사기꾼 같고, 또 어찌 보면 정말 뭔가가 있는 것 같은 혁준의 그 당당하고 자신감 넘치던 눈빛을 도무지 지울 수가 없었기 때문이다.

그런데 그즈음이었다.

생각지도 못한 곳에서 전화가 왔다.

"오, 유경! 오랜만이야."

그렇게 인사를 건넨 언어는 영어였다.

"브레드?"

"응, 나야. 그동안 잘 지냈어?"

브레드 알지노스.

보스턴 컨설팅그룹에 있을 때의 상사다.

그녀에겐 은인 같은 사람이다.

입사 일 년차 햇병아리이던 그녀가 아이작 컴퍼니를 담당할 수 있던 것도 브레드의 전폭적인 지지가 있었기에 가능했다.

"근데 갑자기 무슨 일로……?"

"나 이번에 파트너로 승진했어."

"진짜? 이제 입사 7년 차에 벌써 파트너가 된 거야? 브레드, 진심으로 축하해!"

워낙에 능력이 좋은 사람이었다.

그래서 언제고 회사의 임원이 될 줄은 알았지만 그녀의 예상보다도 더 빠른 진급이다.

놀랍기도 하고 자기 일처럼 기쁘기도 했다.

하지만 이어서 나온 브레드의 말은 그녀를 더 놀라게 만들었다.

"그래서 말인데, 유경. 전처럼 여기서 나랑 같이 일하지 않을래?"

"뭐?"

"유경이 한국으로 떠날 때 내가 말했잖아. 파트너가 되면 꼭 다시 부르겠다고. 같이 일하자고. 유경과 같이 아이작 컴퍼니를 키울 때가 나한테도 가장 즐거운 시간이었으니까. 회사에는 이미 말해놨어. 유경이 늘 꿈꾸던 대로 신생 기업과 중소기업을 전문으로 담당하는 유경만의 팀을 만들기로. 유경이 오기만 하면 바로 팀을 꾸릴 수 있게끔 준비도 다 돼 있어. 그러니까, 유경. 다시 나랑 같이 일하자."

정말이지 생각지도 못한 제안이었다.

상상할 수도 없을 만큼 좋은 제안에 어안이 다 벙벙할 지경이다.

아니, 마치 꿈이라도 꾸고 있는 듯한 기분이다.

그런데 그 환상처럼 설레고 기쁘고 들뜨는 이 순간에 왜 혁준의 얼굴이 떠오르는 것일까?

*　　　*　　　*

이 망설임은 뭘까?

더할 수 없이 좋은 제안이다.

다시는 올 수 없는 기회일지도 모른다.

당장 미국으로 날아가도 모자랄 판에 이틀 동안이나 결정을 내리지 못하고 있는 자신이 너무나 바보 같았다.

그토록 하고 싶어 하던 일을 할 수 있는 기회가 왔는데도 이렇게 망설이고 있는 스스로가 어이없게 느껴지기도 했다.

아직은 걱정스러운 엄마의 병환 때문일까?

아니면 자신의 손으로 직접 세계 굴지의 기업으로 키워보지 않겠느냐고 하던 혁준의 사기꾼 같은 말에 미혹이라도 된 것일까?

분명 보스턴 컨설팅그룹 쪽이 훨씬 더 크고 값진 기회일 텐데도 혁준의 자신감 넘치던 목소리가, 확신에 차 있던 눈빛이 작지만 또렷한 미련으로 망설임을 만들어냈다.

그리해 마지막으로 한 번 더 만나보기로 했다.

한 번 더 만나서 그 망설임의 실체를 확인하고 싶었다.

그래야 홀가분한 마음으로 자신의 꿈을 좇을 수 있을 것 같았다.

전화를 걸었다.

―아, 차유경 씨. 그래, 결정은 하셨습니까?

"아뇨, 아직……. 그전에 듣고 싶은 것이 있어서요."

―듣고 싶은 거라면……?

"전에 대표님께서 그러셨죠. 같이 믿고 일할 파트너도 아닌 사람에겐 기가스 테크놀로지의 비전을 보여줄 수 없다고."

―그것 때문에 결정을 못 하고 계신 겁니까?

"아뇨. 그건 그럴 수 있겠다 생각했어요. 아무런 신뢰 관계도 형성되어 있지 않은 상태에서 충분히 부담스러울 수 있는 일이죠. 게다가 이제 갓 시작 단계에 있는 기업이라면 더더욱 조심스러울 테고요. 하지만 기가스의 비전은 보여줄 수 없다 해도 제 미래에 대한 비전은 보여주셔야 하지 않을까요? 적어도 기가스에 있어 제가 꼭 필요한 사람이라면 말이에요. 제 인생이 걸린 일인데 저도 알아야죠. 제가 앞으로 기가스에서 정확히 어떤 일을 하고 기가스에서 제게 무엇을 필요로 하는지 정도는요."

─흠……

잠시 정적이 흘렀다.

그리고 그 잠깐의 정적이 지나고,

─혹시 지금 시간 되십니까?

혁준이 던져 온 질문이다.

─시간 되시면 지금 여기로 좀 와주시겠습니까?

"예?"

─시간 안 되십니까?

"아뇨, 그건 아닌데, 너무 갑작스러워서……. 알겠어요. 어디로 가면 되죠?"

─혹시 한진테크라고 아십니까?

"한진테크요?"

당연히 알고 있다.

"알고는 있는데, 한진테크는 왜……?"

─그럼 지금 바로 여기 논현동에 있는 한진테크 본사로 와 주세요. 소개시켜 드릴 분이 있습니다. 차유경 씨가 저희와 일하게 되면 앞으로 차유경 씨가 자주 뵈어야 할 분이죠. 그 게 차유경 씨가 기가스에서 하게 될 주요 업무 중 하나고요.

차유경은 전화가 끊기고도 얼마간 의아한 표정을 짓고 있 었다.

'한진테크라고?'

한진테크라면 기술 특허 하나로 벤처 신화를 이룩해 가고 있는, 현재 대한민국에서 가장 핫(Hot)한 기업이다.

미국 포드사를 기점으로 본격적으로 기술제휴를 시작한 후 불과 4개월 만에 매출액이 무려 3천억이 넘었다고 알려져 있다. 게다가 기술만 빌려주는 것이라 그게 고스란히 수익으 로 돌아가니 대한민국에서 기업하는 사람치고 한진테크를 부 러워하고 시기하지 않는 사람이 없을 정도이다. 당연히 벤처 를 꿈꾸는 사람들에겐 그야말로 최고의 롤 모델이었다.

더구나 그녀가 일하는, 아니, 일하던 KS컨설팅에서도 계약 을 따내기 위해 한창 물밑 작업 중이라 들었다.

얼마 전에는 대표 한성진이 직접 KS컨설팅사를 다녀간 일 로 회사 내부에서도 꽤나 화제가 되기도 했다.

그렇게 대한민국의 경제계를 뒤흔들고 있는 한진테크였다.

그런 한진테크에 소개시켜 줄 사람이 있다고 한다.

그 사람을 만나는 게 기가스 테크놀로지의 주요 업무 중 하나라고도 했다.

'창투사라고 했으니 영업이나 마케팅 쪽 담당이려나?'

아무튼 기가스 테크놀로지가 한진테크와 어떤 관계가 있다는 것만으로도 지금까지와는 다른 느낌으로 다가왔다.

기가스 테크놀로지에 대해 알 수 있는 좋은 기회였다.

소문으로만 듣던 한진테크를 구경할 수 있다는 것도 흥미로운 일이었다. 어쩌면 멀리서나마 벤처계의 아이돌인 한성진 대표를 직접 볼 수 있을지도 몰랐다.

차유경은 지체하지 않고 곧장 논현동으로 달려갔다.

그렇게 도착한 한진테크 본사 사옥은 4개월 만에 3천억 매출을 달성하고 앞으로 로열티만 연간 그 이상의 수익을 올릴 회사치고는 꽤나 낡은 건물이었다.

'하긴 기술로만 승부하는 벤처회산데 건물이 너무 으리으리한 것도 이상한 일이긴 하지.'

사실 이 건물조차도 좁은 오피스텔의 단칸방에서 옮겨온 지 채 두 달도 되지 않았지만 그런 속사정까지는 알지 못하는 차유경이다.

차유경이 경비에게 자신의 이름을 밝히자 얼마 안 있어 단정한 정장 차림의 여직원이 내려와 그녀를 정중히 안내했다.

그렇게 여직원의 안내를 받아 도착한 곳은 가장 꼭대기 층인 7층이었다. 그리고 거기에서 가장 처음 그녀의 눈에 들어온 것은 '사장실'이라는 명패였다.

"……?"

여직원이 사장실 문을 열었다.

얼떨떨한 기분으로 사장실로 들어가니 먼저 비서의 책상과 두 사람이 앉을 정도의 작은 소파가 놓여 있는 대기실이 있고 그 앞에 사장실로 통하는 문이 있었다.

똑똑.

"대표님, 차유경 씨 오셨습니다."

비사가 사장실 문을 노크하며 그렇게 말하자,

"오! 어서 들어오시라고 하세요."

사장실 안에서 한껏 반기는 목소리가 들려왔다.

"들어가 보세요."

여직원이, 아니, 여비서인 모양이다.

여비서가 사장실 문을 열며 차유경을 향해 친절한 미소를 보이며 말했다.

여전히 조금은 얼떨떨한 기분으로 안으로 들어갔다.

그러자 마흔쯤 되어 보이는 남자가 그녀를 맞았다.

"반갑습니다. 한성진입니다. 앞으로 권 대표님을 도와주실 분이라고요?"

손을 내밀어 악수까지 청하는 중년인.

알고 있다.

신문지상에서 수도 없이 보았다.

실물은 처음이지만 이 사람이 한진테크의 대표 한성진이라는 것 정도는 충분히 알아볼 수 있었다.

"아, 예, 차유경이에요."

얼떨결에 한성진이 내민 손을 마주 잡자 한성진이 즉시 앉을 것을 권했다. 한성진이 권한 자리는 그때까지도 소파에 등을 대고 앉아 있는 혁준의 옆자리였다.

"권 대표님께서 같이 일할 분을 모셨다기에 어떤 분인가 궁금했는데, 이런 대단한 미인이실 줄은 미처 몰랐습니다. 하하!"

한성진의 소탈한 웃음을 혁준이 받았다.

"같이 일할 분이 아니라 같이 일할지도 모르는 분이라니까요. 그보다, 기억 안 나세요?"

"예?"

"저번에 한 대표님도 보셨잖아요. KS컨설팅에 갔을 때."

"예? 아, 그때 그 복사기……."

"맞아요."

"그런데 어떻게……?"

"그냥 그때의 인연이라고 하긴 좀 오버지만, 아무튼 이래

저래 알아본 결과 제게 꼭 필요한 사람이란 판단이 서서 제가 먼저 프러포즈를 했습니다."

"그럼 이제부턴 여기 차유경 씨를 통해서 업무 보고를 드리면 되겠군요?"

"그렇죠. 그동안은 중요한 일이 있을 때마다 학교다 뭐다 해서 자꾸 빠지게 돼서 제가 면목이 없었는데 앞으로 그런 부분에선 일 처리가 한결 원활해지겠죠. 물론 그건 어디까지나 차유경 씨가 저희와 같이 일한다는 가정하에서의 일이지만."

혁준이 차유경을 보았다.

사장실에 들어선 이후로 줄곧 어리둥절해 있는 차유경이다.

차유경은 혁준과 한성진 사이에 오가는 스스럼없고 격의 없는 대화가 다른 세계의 일처럼 느껴졌다.

게다가,

'업무 보고라니?'

혁준을 마치 상전 대하듯 하는 한성진의 태도도 처음부터 이해가 안 되었는데 한진테크의 대표가 혁준에게 '업무 보고'라는 말까지 사용하니 더더욱 뭐가 뭔지 알 수가 없었다.

그렇게 차유경이 갈피를 잡지 못하고 있자 한성진이 부드럽게 웃으며 말했다.

"많이 궁금하신 모양입니다. 권 대표님과 우리 한진테크의 관계에 대해서요."

한성진의 말에 차유경이 눈을 빛냈다.

궁금하다 뿐인가.

몇 번이나 묻고 싶어서 입이 근질근질한 걸 겨우 참고 있는 중이다.

"권 대표님은 우리 한진테크의 1대 주주이십니다."

"······?"

"한진테크의 실질적인 주인이라는 말씀입니다."

"······!"

한성진의 말에 차유경이 놀란 눈으로 혁준을 보았다.

혁준이 어깨를 으쓱해 보이며 별것 아니라는 듯 말했다.

"우리 회사 주 업무가 투자와 기술 개발이라고 했잖아요. 한진테크에 투자도 좀 하고 기술 지원도 좀 하고, 그러다 보니 1대 주주가 된 거죠. 물론 한 사장님께서 많이 양보해 주신 덕분이기도 하고요."

혁준의 말에 한성진이 손을 내저었다.

"아닙니다. 권 대표님이 아니었으면 어디 한진테크가 존재할 수나 있겠습니까? 게다가 지금의 한진테크가 될 수 있던 것도 어디까지나 세 분 기술이사님의 기술력이 절대적이기도 했고요."

말은 그렇게 하지만 그래도 웃음에서 묻어 나오는 씁쓸함은 어쩔 수가 없었다.

그도 사람인 이상에야 당연한 일이다.

그때 당시에는 휴지 조각이나 다름없었지만 곧 증권거래소 상장을 코앞에 둔 상황에서 한진테크의 지분 67퍼센트는 실로 어마어마한 가치로 바뀌어 있었다.

그런 한성진의 마음이야 모르지 않았지만 어차피 정당한 거래였다.

또 한성진의 말대로 한진테크가 이만큼이나 크게 된 것은 전적으로 바보 삼형제의 AMD 전자제어칩 덕분이다. 그러니 지금 자신이 가진 지분은 어디까지나 정당하게 얻은 권리이다. 그걸 가지고 미안해할 필요는 없었다.

게다가 특허권 공동 명의를 지분 50:50으로 해놓았기 때문에 한성진이 가져가는 배당금도 상당한 액수다.

그런 속사정까지는 알지 못하는 차유경은 여전히 이 모든게 어리둥절하기만 할 뿐이다.

그때 혁준이 자리에서 일어섰다.

"2시 비행기라 하셨죠?"

"예. 내일모레, 독일 현지 시간으로 저녁 6시에 다임러벤츠사와 만나기로 했습니다."

"제휴 조건은요?"

"지금까지 자꾸 간만 보려들던 게 괘씸해서 이번엔 좀 크게 부를 생각입니다."

"하긴, 그렇게 간만 보다가 이제야 계약을 하겠다고 하는 거 보면 이리저리 재보다가 결국 다른 방법이 없다고 결론을 내린 걸 테죠. 칼자루는 우리가 쥔 셈이네요. 이왕 칼자루를 쥐었는데 제대로 휘둘러서 아직도 간보기나 하고 있는 다른 회사에 본보기를 삼는 것도 좋겠죠."

"예, 저도 그럴 작정을 하고 있습니다. 근데 벌써 가시게요? 저 때문이라면 그러실 것 없습니다. 2시까진 아직 시간도 넉넉하고… 칼자루는 우리가 쥐었으니 약속 시간이야 좀 늦어도 상관없고요."

"아뇨, 차유경 씨를 모시고 가볼 데가 좀 있어서요."

미련 없이 자리를 털고 일어서는 혁준이다.

혁준이 그렇게 차유경을 데리고 다음으로 이동한 곳은 삼성동에 있는 4층짜리 낡고 허름한 건물이었다.

그 건물을 중심으로 주변에선 꽤 넓게 철거 작업이 이루어지고 있었다.

"여기가 저희 기가스의 심장이 들어설 곳입니다. 보시는 것처럼 이미 작업이 시작되고 있죠. 아까 물으셨죠? 차유경 씨가 기가스에서 할 일이 정확히 무엇이냐고. 기가스에선 차유경 씨에게 무얼 필요로 하는 거냐고. 여러 가지가 있습니다. 때로는 제 눈이 되어주셔야 하고, 때로는 제 귀가 되어주셔야 합니다. 필요할 땐 제 입, 제 손, 제 발이 되어주셔야 할 때도 있을 겁니다. 하지만 그중에서도 제가 차유경 씨에게 가장 원하고 기대하는 것은, 그리고 필요로 하는 것은 이곳 기가스의 심장에 생명을 불어넣어 달라는 것입니다. 부서를 만들고, 필요한 인재를 뽑고, 팀을 짜고, 주춧돌 하나하나, 기둥 하나하나 그 손으로 직접 세우고 만드십시오. 그리해 팔딱팔딱 뛰는 기가스의 심장을 제 손에 쥐어주십시오. 사람이면 사람, 돈이면 돈. 거기에 필요한 모든 것은 아낌없이 지원해 드리겠습니다."

혁준의 말은 뜨거웠다.

그저 듣고 있는 것만으로도 가슴이 뜨거워지는 기분이다.

한성진을 만나고 난 다음이라서 그런지 지난번에 만났을 때의 그 막연한 자신감과는 확연히 다른 느낌으로 다가왔다.

그렇게 얼마간의 치열한 정적이 흐르고 뜨거움을 어느 정도 가라앉힌 혁준이 의외의 말을 꺼냈다.

"보스턴 컨설팅그룹에서 제의가 온 것으로 알고 있습니다."

"……!"

"도저히 거절할 수 없을 만큼 좋은 조건이라는 것도 알고 있습니다."

"그걸 어떻게……?"

차유경이야 놀란 눈을 동그랗게 떴지만 혁준에겐 대수로울 것도 없는 일이었다.

그녀가 보스턴 컨설팅그룹에 재입사하는 것이 다음 주다. 그리고 그 입사 과정에 대해서는 그녀의 자서전에 상세히 나와 있었다.

"신생 기업과 중소기업을 전담하는 팀을 맡게 된다죠? 그게 차유경 씨가 늘 하고 싶어 하던 일이구요."

"……."

"그런데도 그런 제의를 받고도 아직 결정을 내리지 못하고 있는 건 무슨 이유입니까?"

차유경은 아무 대답도 못 했다.

스스로도 그 망설임의 이유를 알지 못했기에 그토록 고민하고 혼란스러워한 것이 아닌가.

그 답을 오히려 혁준이 내렸다.

"이유는 간단합니다. 지금 차유경 씨한테 보스턴 컨설팅그룹에 가는 것보다 더 하고 싶은 일이 생긴 겁니다. 그건 곧 신생 기업과 중소기업을 도와 건실한 기업으로 키우는 것이 차유경 씨한테 보람은 될지언정 그것이 절대적인 가치는 되지 못한다는 뜻이기도 하구요."

"그럼 제 절대적인 가치란 건 뭐죠?"

"모릅니다. 다만 차유경 씨를 가장 행복하게 하는 것이 보람이나 성취감이 아니란 것은 알고 있습니다."

"저를 가장 행복하게 하는 것이 뭔데요?"

"모험과 도전!"

그것은 그녀의 자서전을 읽으며 느낀 것이다.

자서전 곳곳에서 느껴지던 모험과 도전에의 갈망은 책의 마지막 장에 고스란히 담겨 있었다.

[십 년 후에는 뭘 하고 있을 거 같으냐고요? 일단 일은 은퇴했을 거예요. 음, 그리고 아마도 어느 오지나 밀림을 탐험하고 있지 않을까요? 언제부턴가 제가 늘 꿈꿔오던 일이거든요.]

처음엔 확신할 수 없었다.

그래서 보스턴 컨설팅그룹의 제의가 왔을 거라는 걸 알면서도 그냥 기다렸다.

만일 자신의 생각이 틀렸다면, 보스턴 컨설팅그룹에 재입사하는 것이 그녀에게 있어 최고의 가치라면 자신이 어떠한 말을 하든, 어떠한 조건을 제시하든, 어떠한 비전을 보여주든 그녀를 잡을 수 없을 테니까. 뒤도 돌아보지 않고 미국으로 떠날 테니까.

하지만 오늘 그녀의 연락을 받고 확신했다.

차유경은 보이는 것보다 훨씬 더 뜨겁고 열정적인 여자라는 것을.

정해진 길을 안전하게 걷는 것보다 거칠고 위험천만한 길에 더 끌려 한다는 것을.

그런 면에서 보스턴 컨설팅그룹보다 혁준과 기가스가, 그 불완전함이 그녀에게 훨씬 더 매력적으로 보일 거라는 것을.

혁준이 차유경을 똑바로 마주 보며 말했다.

"지금껏 아무도 보지 못한 것을 보게 해드리겠습니다. 지금껏 아무도 가지 못한 곳으로 데려다 드리겠습니다. 그러니까 차유경 씨, 저랑 같이합시다!"

혁준의 흔들림 없이 굳건한 말에 차유경의 눈이 안쓰럽게 흔들렸다.

차유경에게서 다시 연락이 온 것은 이튿날 저녁이었다.

―대표님, 저 차유경이에요. 기가스 테크놀로지에 입사하려구요.

제12장

네 고객의 것을
탐하지 마라

GET ALL
THE WORLD

차유경의 실력은 다음 날부터 유감없이 발휘되기 시작했
다.

본사 건물 건축을 맡을 건축사무소를 몇 곳 선정해서는 혁
준을 데리고 하나하나 찾아다니면서 건축사무소장들과 혁준
이 원하는 방향의 구조를 논의했고, 자재 하나하나를 꼼꼼히
챙기면서 예산을 책정했다.

그 외에도 시장통 좌판상처럼 주먹구구식으로 되어 있는
기가스 테크놀로지의 재무구조를 법인 회사답게 투명하고도
합리적으로 만들었으며, 잔뜩 쌓여 있는 복잡한 행정 업무를

일사천리로 진행해 기가스 테크놀로지는 비로소 기업의 형태를 갖추어가기 시작했다.

그녀가 입사한 지 불과 일주일 만의 일이다.

그 일주일 동안 혁준이 뽑아놓은 예산을 무려 70억이나 줄였다.

나름 머리를 쥐어짜면서 뽑아놓은 예산이건만 그렇게 되고 보니 마치 그동안 개념 없이 졸부놀이라도 한 것처럼 느껴질 정도였다.

그녀가 줄어든 예산 내역을 보고할 때는 얼굴이 다 화끈거려서 눈을 제대로 마주 보지 못했다.

어쨌든 그렇게 무진장 똑똑하고 조금은 무서운 비서 덕분에 혁준의 일은 대폭 줄었다.

이제는 시간에 쫓겨서 발정난 발바리처럼 뛰어다닐 필요가 없었다. 회사의 전반적인 업무를 차유경이 알아서 척척 해주는 덕분에 그가 할 일은 지원해 줄 만한 미래의 벤처기업을 선별해서 자금과 기술 지원에 따른 지분 계약만 맺으면 되었다.

그러다 보니 이젠 오히려 시간이 남아돌 지경이었다. 시간이 남아돌다 보니 전에는 살피지 못한 것도 살필 여유가 생겼다.

"이거 왜 이래?"

혁준은 모처럼 주식 계좌를 살펴보다가 문득 이상한 점을 발견했다.

스마트폰으로 투자할 만한 종목을 고를 때면 거기서 언게 될 수익을 반드시 메모해 놓는 그였다.

그런데 어떻게 된 일인지 대략 보름 전쯤부터 조아증권의 수익률이 미묘하게 어긋나 있었다. 워낙에 미세한 차이여서 그동안은 무심결에 넘겼는데, 요 며칠 차유경에게 시달리다 보니 숫자에 민감해져서는 그 미세한 차이조차 눈치를 채게 된 것이다.

그렇잖아도 마침 투자 건으로 남형필 대리에게 연락을 해 보려는 참이었다.

혁준은 바로 남형필에게 전화를 걸었다.

―아! 권혁준 고객님, 안녕하셨습니까?

언제나처럼 밝고 활기 넘치는 목소리다.

―그렇잖아도 연락 기다리고 있었습니다. 어제 말씀하신 천지바이오는 전량 매도를 마쳤고, 일보실업 주식 30만 주도 매입 완료했습니다.

"예, 수고하셨어요.

―오늘은 매도 건인가요? 아니면 매수 건?

"오늘도 매도, 매수 둘 다입니다. 일단 크린실업 주식을 정확히 2시 20분에 전량 매도해 주세요. 그리고 3시 30분에 옥록산업 주식을 10만 주 매수하시고요. 그리고 내일은 장이 열리는 대로 한국효마홀딩스랑 동인화학 거 싹 다 긁어주세요."

―2시 20분에 크린실업 주식 전량 매도, 3시 30분에 옥록산업 주식 10만주 매수, 내일 한국효마홀딩스, 동인화학 주식 무제한 매수. 예, 그렇게 진행하도록 하겠습니다. 아, 그리고 저번에 사둔 강화실업 주식 말입니다. 그거 요 며칠 분위기가 안 좋은데 괜찮겠습니까?

"강화실업은 아직 팔 때가 아니에요. 좀 더 두면 치고 올라갈 겁니다."

―요즘 한창 뜨고 있는 대양금속은 어떻습니까?

"저도 거기가 요즘 워낙 뜨거워서 한번 알아봤는데, 그거 이제 끝물이에요. 관심 둘 곳 아닙니다. 그보다 하나 물어볼 것이 있습니다만……."

―예, 말씀하세요.

"요즘 시장 상황 말입니다. 뭔가 특기할 만한 점 없었나요?"

혁준은 미묘하게 어긋나 있는 수익의 차이가 혹시 자신으로 인해 시장 전체에 어떤 영향을 미친 것이 아닌가 하는 생각으로 물었다.

—특기할 만한 점이라 하시면……?

하지만 막상 그렇게 묻고 나니 뭔가 핀트를 잘못 잡았다는 생각이 들었다.

"아니에요. 그건 나중에 다시 얘기하도록 하죠. 오늘은 그냥 부탁드린 것만 정확히 처리해 주세요."

사실 의심이 되는 것이 있었다.

하지만 지금으로써는 딱히 의심되는 것을 따질 만한 근거가 없었다.

남형필 앞에 스마트폰을 내밀고 수익률이 왜 차이가 나는지 하나하나 따져볼 수는 없는 노릇이니까 말이다.

더구나 남형필은 그와는 가장 오래 거래해 온 사람이다.

괜히 증거도 없이 의심부터 해서 남형필과의 관계가 불편해지는 것은 그로서도 그다지 바라는 일이 아니었다.

—예, 알겠습니다.

남형필과는 그렇게 통화를 끊었다.

찝찝한 마음이 사라진 것은 아니지만 어차피 그에게 크게 영향을 미칠 만큼의 차이는 아니었기에 며칠만 더 두고 보자는 생각이다.

막냇삼촌 권홍술이 집으로 찾아온 것은 그 다음 날이었다.

"혁준아, 여기 한국효마홀딩스하고 동인화학, 옥록산업은 어떠냐? 그리고 전에 사둔 대양금속 건 이제 팔려고 하는데 괜찮겠냐?"

언제나 이런 식이다.

혁준이 직접 좋은 주식을 가르쳐 주진 않았지만 홍술이 물어오는 것들에 대해서는 사도 된다, 아니다 정도의 조언은 해주었고, 한 번도 빗나가지 않는 혁준의 조언에 이젠 어디서 소스만 들었다 하면 혁준에게 감정부터 받으러 왔다.

그런데 이번엔 홍술이 가져온 이름들이 너무나 익숙했다.

아닌 게 아니라, 바로 어제 그가 남형필에게 지시한 내용과 완전히 똑같았다.

"막냇삼촌, 그거 어디서 들은 거예요?"

"응?

"그거 어디서 들은 거냐니까요."

혁준의 표정이 꽤나 사나웠다.

그간의 일들로 이젠 조카라고 하기에는 너무 어려워져 버린 혁준이다. 그런 혁준의 평상시와 다른 표정에 움찔한 홍술이 술술 말했다.

"그거 요즘 한창 뜨거운 핫라인을 통해서 들어온 정본데… 왜, 뭐가 잘못된 거냐?"

"핫라인? 그게 뭔데요?"

"그거? 흔히 기업주들 사이에서 통하는 증권 은어 같은 건데, 신뢰도가 트리플에스 급인 매니저들이 일정한 수수료를 받고 특별히 VVIP 고객들에게만 비밀리에 전해주는 고급 정보를 핫라인이라고 하지. 물론 나는 아직 VVIP 급이니 뭐니 그런 건 아니고, 오늘 골프 모임에 갔는데 거기서 운 좋게 주워들은 거야. 내가 그 골프 모임에 들려고 그동안 얼마나 고생했는지…….”

그러니까 핫라인이란 건 이렇다.

좋은 정보가 있으면 특별 관리하고 있는 VVIP 고객들에게 비밀리에 알려주고 그로 인해 수익을 올린 VVIP 고객들은 정해진 수수료에 특별 보너스를 더해서 매니저에게 지급한다. 워낙에 큰손들이다 보니 한 사람 한 사람이 올리는 수익이 어마어마한 만큼 특별 보너스를 포함한 수수료 또한 상상을 초월하는 정도인 데다가, 그런 VVIP를 관리한다는 것 자체가 이미 지위가 되고 권력이 되어서 핫라인 매니저 중 잘나가는 몇몇은 그 입김이 오히려 증권사보다도 더 큰 영향력을 가지는 경우도 있다는 것이다.

“혹시 그 핫라인 매니저라는 게 어디의 누군지 구체적으로 알 수 있을까요?”

“나도 그것까진 모르지. 이번 정보가 조아증권에서 흘러나왔다는 것 말고는.”

그거면 충분했다.

그동안 여러 가지로 미심쩍던 모든 것이 단숨에 확 풀리는 듯한 느낌이 들었다.

미세하게 어긋나 있던 수익률, 남형필의 태도, 그리고 왠지 모르게 찝찝하던 기분까지.

다시 말해 남형필이 자신이 준 정보를 가지고 감히 허락도 없이 장사질을 하고 있었던 것이다. 수익률이 미묘하게 차이가 난 것도 결국 그 때문이었다.

'이런 쥐새끼 같은 놈이!'

믿는 도끼에 발등이 찍혔다.

아니, 솔직히 말하면 그다지 믿지는 않았지만 뒤에서 이런 겁대가리 없는 짓까지 벌이고 있을 줄은 상상도 못 했다.

혁준은 그동안 쌓아둔 증권 쪽의 모든 정보력을 동원해 남형필의 핫라인에 대해서 조사했다.

이미 증권가에서는 워낙에 큰손으로 통하는 혁준이다 보니 그 정도 정보를 알아내는 것은 그리 어려운 일도 아니었다.

그렇게 알아본 바로는, 남형필이 트리플에스 급 매니저로 뛰어오른 것이 대략 한 달쯤 전이라고 한다. 신뢰라는 게 원래 하루아침에 쌓아지는 것이 아닌 만큼 이 바닥이란 것도 그렇게 갑자기 튀어나오는 경우가 상당히 드문 일인데, 이례적으로 남형필이 그렇게 빨리 트리플에스 급 매니저가 될 수 있었던 것은 그만큼 그가 뿌려주는 정보가 정확도에서 순도가 상당히 높아 단시간에 증권가 큰손들의 관심을 끌었기 때문이라는 것이다.

자연히 큰손들이 남형필에게 몰렸고, 그 인맥을 바탕으로 핫라인이 형성되었다. 지금에 이르러 증권가에서는 남형필을 일컬어 미다스의 손으로까지 부르고 있다고 한다.

'이 쥐새끼를 정말 어쩌지?'

자신이 준 정보로 남형필이 장난질을 치고 있다는 건 확실해졌다. 미다스의 손이니 트리플에스니 핫라인이니 하는 것도 모두 혁준이 준 정보를 사적으로 이용해서 얻은, 다시 말해 고객의 정보를 함부로 유용해서 얻은 불로소득인 셈이다.

하지만 심증은 있는데 물증이 없다.

혁준 스스로도 그 정보의 출처를 명확히 밝힐 수 없는 마당에 그 정보가 혁준 혼자만 알고 있는 정보였다는 것을 마땅히 증명할 만한 근거가 없었다.

남형필이 자신만의 정보력으로, 그리고 그만의 감으로 스스로 판단하고 결정해서 자신의 고객들에게 조언했다고 하면 그걸로 그만인 것이다.

그래서 더 속이 터졌다.

'사람을 호구로 봤다 이건데… 이참에 확 조아증권과 거래를 끊어버려?'

어차피 그에겐 손해랄 것도 없을 만큼의 미세한 손실이다. 그래서 손실액에 대한 아쉬움이나 억울함은 없었다. 그러니 이대로 거래를 끊어버리고 더 이상 안 보면 그만이다.

하지만 그걸로는 성이 차지 않는다.

다른 건 다 참아도 자신을 호구로 본 것만큼은 도무지 참을 수가 없었다.

용납도 용서도 안 된다.

적어도 자신이 준 정보를 통해 얻은 지금의 지위와 권력만큼은 다시 제자리로 돌려놔야 했다.

아니, 지금까지 챙겨 먹은 것들이 쥐약이었다는 걸 깨닫게 해줘야만 편히 잠을 잘 수 있을 것 같았다.

'이 쥐새끼를 정말 어떻게 조져야 잘 조졌다고 하지?'

*   *   *

따르르르릉, 따르르르르릉―

딸칵.

남형필은 시끄럽게 울리는 전화벨 소리에 습관적으로 수화기를 들었다.

―남 대리님, 저 권혁준인데요.

수화기 너머에서 들려오는 목소리에 순간 남형필의 얼굴

이 환해졌다.

"아, 권혁준 고객님. 그렇잖아도 일주일이나 연락이 없으셔서 궁금하던 참이었습니다"

대개 2, 3일에 한 번씩은 꼭 연락을 주던 혁준이 어쩐 일인지 이번에는 일주일이 넘도록 감감무소식이었다.

그에게 있어 혁준은 정말이지 특별한 고객이었다.

그래서 반가웠다.

하지만 그것도 잠시,

─아, 예. 뭐 좀 준비하는 게 있어서……. 아닌 게 아니라 그 일 때문에 매니저님께 연락을 드렸는데요, 장기로 박아둔 대신이랑 한보, KG랑 삼강, 모두 팔아주세요.

뒤이어 들려온 혁준의 말에 어리둥절해하는 남형필이다.

"그게 무슨 말씀이신지……?"

─말씀드린 그대로예요. 대신이랑 한보, KG, 삼강 주식 모두 팔아주세요.

"대체 왜……? 장기는 어지간하면 손을 안 대는 게 좋지 않겠습니까? 그러려고 박아둔 거기도 하고. 혹시 무슨 안 좋은 소문이라도 들으셨습니까?"

─아뇨. 곧 동양… 아니, 곧 큰 건이 있을 거라 총알 좀 미리 마련해 두려고요.

순간 남형필의 눈이 반짝였다.

"얼마나 큰 건이기에 그 많은 주식을……?"

―좀 커요. 솔직히 단기로 박아둔 것까지 다 뺄까도 생각했는데 죄다 곧 터질 놈들이라 차마 그러진 못하겠고, 아무튼 D—day를 15일 후로 잡고 있으니까 최대한 빨리 좀 부탁드릴게요.

그러고는 전화를 끊어버리는 혁준이다.

끊긴 수화기를 잠시 멍하니 보던 남형필은 이내 미간을 찌푸렸다.

'큰 건이라고?'

대체 얼마나 큰 건이기에 그 많은 주식을 다 팔라고 하는 것일까?

'그걸 다 팔고 뭘 사려는 거지?'

그에게 허튼소리나 할 혁준이 아니었다.

지금까지 혁준으로부터 나온 정보는 믿기지 않을 만큼, 아니, 그 자체로 이미 기적이라 할 만큼 정확도가 높았다.

그렇다면 이번에도 그럴 것이다.

게다가 연일 상한가를 치고 있는 수익에도 크게 동요하지 않던 혁준이 장기 투자로 박아둔 것까지 죄다 팔아서 총알을 준비할 정도라면 분명 뭔가 대단한 것이 있다는 뜻이다.

'얼마 안 있으면 일반인의 해외 간접 투자가 가능해지는데 혹시 그쪽인가?'

미국이나 영국, 독일만 해도 가격제한폭이 없어 한 방 제대로 터지면 한국에서 깔짝거리는 거와는 차원이 다르다.

하지만 해외 투자가 가능해진다고 해도 당분간은 제약이 너무 심했다. 혁준 같은 큰손이 달려들기에는 당장은 판돈 규모가 너무 작은 판이었다.

'그럼 대체 뭐지?'

도무지 짐작이 안 간다.

그래서 애가 탔다.

혁준이 이렇게까지 나올 정도라면, 그 정도로 대단한 정보라면 핫라인을 통했을 때의 가치는 실로 어마어마할 터였다. 혁준의 태도만을 보자면 어쩌면 그가 지난 한 달간 핫라인을 통해 뿌린 정보를 다 합친 것보다도 그 가치가 더 높을지도 모른다는 생각이 들었다.

'이런 기회를 놓칠 수야 없지.'

눈앞에 황금이 가득 찬 보물 상자가 떡하니 나타났는데 자물쇠가 잠겨 있다고 그냥 돌아설 바보천치가 세상에 어디 있겠는가.

*   *   *

남형필은 그날부터 혁준의 주식 계좌 동향을 살폈다.

계좌 동향만 알아도 혁준의 의도나 목적, 투자 정보 등을 충분히 유추할 수 있기 때문이다. 하지만 뜻대로 되지는 않았다.

장기 투자 주식을 싹 매도해서 마련해 둔 총알을 혁준이 그에게 상의 한마디 없이 몽땅 다 인출해 버린 것이다.

거의 실시간으로 혁준의 주식 계좌를 살피고 있던 남형필이다. 놀란 마음에 그 즉시 혁준에게 전화를 한 거야 당연했다.

그런데 웬일인지 태연하기만 한 혁준이다.

—그냥 좀 쓸 일이 있어서요.

"큰 건에 쓰실 거라고 하더니 혹시……."

—예, 맞아요. 그것 때문에 뺐어요.

"그게 무슨……. 그럼 장외로 직거래를 하시려는 겁니까?"

—아무래도 그쪽이 거래하기가 편하기도 하고, 덩치가 워낙에 크다 보니 장에서 살 수 있는 건 한계도 있고, 게다가 괜히 사람들 이목이나 끌게 될 텐데 이래저래 좋을 게 없잖아요?

사실 이미 짐작하고 있었다.

알찬 장기 투자주를 싹 매도해서 총알을 준비할 정도라면 가격제한폭의 제약이 있는 장내 거래일 리가 없었다.

그는 둘 중 하나로 예측하고 있었다.

하나는 제도적 제약이 없는 만큼 위험성은 크지만 반대로 그만큼 큰 이득을 노릴 수 있는 장외 거래.

그리고 다른 하나는 상장 폐지가 확정되면 일주일간 가격 제한폭이 무시되는 정리 매매 기간이 주어지는데 그때를 노려 단기 작전주로 한탕 크게 해먹는 일명 불꽃놀이.

그런데 지금 장외 거래와 불꽃놀이 중 장외 거래로 판명이 났다.

'젠장!'

완전히 계획이 어긋나 버렸다.

혁준이 주식 계좌로 거래하는 거면 계좌 내역만 확인해도 혁준이 노리고 있는 주식이 어떤 건지 바로 파악할 수가 있다. 그런데 장외 거래로 직거래를 하면 그로서는 어떤 주식을 거래하는지 확인할 수 있는 방도가 없었다.

"저기… 고객님, 잘 모르시는 것 같아 말씀드리는 겁니다만, 장외 거래라는 거 위험 요소가 너무나 많습니다. 거래 요청 자체가 허수인 경우도 많고 개인들이 직접 만나 주식과 대금을 교환하는 것이다 보니 사고도 자주 발생합니다. 장외 업체들도 믿을 수가 없는 경우가 허다해서 개인들이 장외로 주식을 거래하는 건, 그것도 큰 건이라면 절대 추천해 드릴 수가 없습니다. 정히 장외로 하셔야 한다면 차라리 제가 옆에서 도와드리는 건 어떻겠습니까? 그러면 사전에 위험 요소를 얼추 걸러낼 수 있을 텐데 말입니다."

─아뇨. 이번 건은 저 혼자 하려고요. 남 대리님을 못 믿는 게 아니라 여러 사람 알아서 좋을 게 없어서요.

어떻게든 끼어보려고 했지만 도무지 틈을 주지 않는 혁준이다.

심지어,

─아, 그리고 남 대리님이랑 그간 정리도 있고 해서 미리 말씀드리는 겁니다만, 이번이 아마도 제 마지막 거래가 될 것 같습니다.

그런 말로 사람을 황당하게 만든다.

"그게 무슨 말씀이십니까? 마지막 거래라니?"

─이제 이 바닥에서는 그만 놀려고요. 조만간 때를 봐서 단기로 박아둔 것도 다 뺄 겁니다. 이번 건만 제대로 성사되면 주식 같은 거 말고 좀 더 크게 놀아볼 생각이거든요.

"……."

혁준의 말을 들으며 남형필은 그만 할 말을 잃고 말았다.

도대체 무슨 말을 해야 할지 대답할 말을 찾을 수가 없었다.

'이 바닥을 떠난다고?'

그야말로 눈앞이 깜깜해져 올 만큼 충격적인 소식이다.

지금 그가 일궈온 모든 지위와 권력과 돈이 대부분 혁준으로부터 나온 정보에 기인한 것이다.

그런데 그 정보가 끊긴다면?

유례가 없을 만큼 단기간에 성공 가도를 달린 것만큼이나 추락하는 것도 그만큼 빠르게 곤두박질칠 것이다.

이 바닥이란 게 그렇다.

정보를 가진 자가 왕이다.

반대로 정보를 잃은 자는 거지가 된다.

만일 이대로 혁준이 손을 털고 떠나 버린다면 그는 지금 가진 모든 것을 잃고 거지 신세로 전락할 것이다.

'어쩌지?

혁준과 통화를 끝내고도 심각하게 고민에 빠진 남형필이다.

하지만 아무리 생각해 봐도 방법이 없었다.

혁준이 손 털고 떠나겠다는데 그가 무슨 수로 막을 수 있겠는가?

'그래도 이대로 끝낼 수는 없다!'

권력의 맛을 보지 않았다면 모를까, 이미 한번 맛을 봐버린 그였다. 그 달콤함을 내려놓을 자신이 없었다.

아니, 지금의 지위와 권력을 어쩔 수 없이 잃어야 한다면 적어도 그에 상응하는 뭔가를 얻어내야 했다. 푼돈이나 다루던 찌질하던 옛날로는 다시 돌아가고 싶지 않았다.

당장 떠오르는 것은 결국 혁준이 말한 큰 건이었다.

이 바닥에 대한 미련도 버릴 만큼 그것이 대박 건이라면, 그 역시 더 이상은 이 바닥에 있을 수 없는 현실을 받아들여야만 한다면…….

'바로 거기에 내가 살길이 있다!'

혁준이 말한 큰 건이 뭔지만 알면 이 바닥을 떠나서도 얼마든지 잘살 수 있었다. 오히려 지금 가지고 있는 것보다 훨씬 더 크고 많은 것을 누릴 수 있었다. VVIP를 위해 소스를 물어다 주는 충직한 개가 아니라 자신이 그 충직한 개를 다루는 주인이 될 수도 있는 것이다.

하지만 문제는 역시 혁준이 말한 큰 건이란 게 뭔지를 모른다는 것이다.

'지난번 통화할 때 분명 '동양'이라고 했는데…….'

실수로 흘린 말이다.

'아뇨. 곧 동양… 아니, 곧 큰 건이 있을 거라 총알 좀 미리 마련해 두려고요.'

분명 단서가 될 만한 단어다.

그러나,

'동양이란 단어가 들어가는 회사가 어디 한둘도 아니

고…….'

그것만으로는 아무것도 알 수 없었다.

혁준이 말한 D—day가 이제 일주일도 채 남지 않았다.

그전에 반드시 뭔가 다른 방법을 강구해 내야 했다.

마음 같아서는 깡패라도 불러 두들겨 패서라도 입을 열게

하고 싶었다.

하지만 그러기에는 이미 말도 안 되게 거물이 되어버린 혁

준이다. 그런 무식한 짓이 통할 만큼 얼뜨기가 아닌 것이다.

지금으로써는 다른 방법이 없었다.

혁준이 무엇을 하는지, 누구를 만나는지 일거수일투족을

감시하는 방법뿐이었다.

'그러다 보면 뭔가 단서가 잡히겠지.'

그리해 남형필은 곧장 실력 있는 흥신소를 물색해 혁준의

감시를 의뢰했다.

*   *   *

'애가 닳긴 닳았나 보네. 나한테 감시를 다 붙이고.'

혁준은 남형필이 자신에게 감시를 붙였다는 걸 처음부터

알고 있었다. 충분히 그럴 거라 짐작하고 주의를 기울이고 있

기도 했지만, 워낙에 모든 오감이 발달해 있어서 어지간한 움

직임은 딱히 신경을 쓰지 않더라도 이내 다 포착이 됐다.

그런 움직임들을 느끼며 혁준은 비릿하게 웃었다.

'쥐덫에 제대로 걸려든 거지.'

남형필이 지금 얼마나 초조하고 답답해하고 있을지 안 봐도 비디오다.

게다가 이번이 마지막 거래라고까지 했으니 모르긴 몰라도 탐욕에 눈이 벌게져 있을 것이다.

물론 당연히 뻥카다.

큰 건? 그딴 건 없다.

D—day?

그래, D—day이긴 했다.

단지 큰 건이 있는 날이 아니라 그날이 '쥐 잡는 날'이라는 것만 다를 뿐.

사실 이렇게까지 복잡하게 할 생각은 없었다.

그냥 거짓 정보만 슬쩍 흘려주면 알아서 자멸할 것 같았다.

하지만 다시 생각해 보니 그가 슬쩍 흘려주는 거짓 정보가 과연 얼마만한 자본을 움직이게 할지 정확히 알 수 없는 상황이었다. 그 큰 자본이 한꺼번에 어마어마한 손실을 입게 된다면 자칫 금감원이 움직일 수도 있었고, 그리되면 자신의 이름까지도 언급될 여지가 있었다.

그래서 이 건에 한에서만큼은 남형필과 아무런 끈도 닿지 않도록 조아증권에서 자금을 뺐다. 슬쩍 실수인 듯 단서는 흘렸지만 일부러 정확한 언급도 피했다.

그렇게 나중에 혹시 문제가 생기더라도 빠져나올 구멍을 준비해 놓은 혁준은 1분 1초를 초조와 불안으로 보내는 남형필과는 달리 하루하루를 참으로 느긋하게 보냈다.

그러다 쥐 잡는 날로 정한 D-day를 딱 하루 남기고 남형필의 조급증이 극에 달하다 못해 이성적인 판단조차 내릴 수가 없을 지경이 되었을 때쯤 마침내 수화기를 들었다.

"동양 글로텍스 임태원 상무이사님 되시죠? 기가스 테크놀로지 대표 권혁준입니다. 다름이 아니라 지난번에 전화상으로 말씀드린 투자 건에 대해서 상무이사님과 조용히 이야기를 나눠보고 싶은데, 오늘 한번 뵐 수 있겠습니까?"

*　　　*　　　*

혁준은 정장을 깔끔하게 차려입고 집을 나섰다.

집에서 100m쯤 떨어진 곳에서 차유경이 차를 세워두고 그를 기다리고 있었다.

벤츠였다.

현재 나온 S클래스 중 최고인 S600SELL이다.

얼마 전 법인 명의로 구입했다.

사실 이것저것 서류를 준비하는 게 귀찮아서 그냥 차유경의 명의로 뽑으려고 했다가 차유경에게 꽤나 면박을 당했다.

"대표님, 무려 가격이 2억 가까이 되는 외제차예요. 법인으로 등록했을 때와 제 명의로 등록했을 때 세금 차이가 얼마나 나는지 아세요? 보험료는요? 세무와 회계 업무가 간편해지는 건요? 고작 인감이랑 위임장 준비하는 게 귀찮아서 그 모든 혜택을 포기하는 건 너무 큰 낭비 아닐까요?"

사실 차유경 앞에서 돈지랄 좀 해보고 싶은 마음에 그랬던 것인데 그 작은 허영이 괜한 잔소리만 불러오고 말았다.

하지만 그 깐깐함에 믿음이 가고 의지가 된다.

"노원동으로 가요."

벤츠에 타자마자 그렇게 지시를 내렸다.

벤츠에 타는 것도, 차유경의 수행을 받는 것도 이젠 상당히 익숙해져 있었다. 마음 같아서는 등하교 때도 자주 애용하고 싶었지만 그랬다간 여러 가지로 꽤나 시끄러워질 것 같아서 참았다.

아무튼 그렇게 약속 장소로 향했다.

약속 장소에는 임태원 동양 글로텍스 상무이사가 먼저 와서 그를 기다리고 있었다.

전화상으로만 통화를 한 만큼 혁준의 얼굴을 확인한 임태원의 표정이 살짝 굳어지는 것이 보였다.

익숙한 일이다. 자신의 얼굴을 처음 보는 사람이면 그 반응이 한결같아서 이젠 살짝 지겹기까지 했다.

물론 임태원의 그러한 당황은 잠깐이었다.

최고급 벤츠에 지적이고 아름다운 여비서까지.

이미 그것만으로도 나이 따위는 전혀 문제가 되지 않았다. 더구나 증권가에서는 손가락에 꼽을 정도의 큰손으로 이미 유명한 사람이다.

'돈에는 나이가 없는 법이지.'

임태원이 바로 허리를 숙이며 공손하게 악수를 청했다.

"동양 글로텍스의 임태원입니다. 권 대표님에 대한 소문이야 익히 듣고 있었는데 이렇게 뵙게 되어 정말 영광입니다."

"뭘 또 영광씩이나……."

혁준이 짐짓 민망하다는 듯 손사래를 쳤다.

"아닙니다. 이렇게 만나 뵐 기회를 주셔서 정말 얼마나 기쁘고 감사한지 모릅니다. 자자, 일단 안으로 들어가시죠. 식사는 제가 이미 예약을 해뒀습니다."

임태원이 혁준을 안내하자 혁준은 그의 안내에 따라 일식집으로 들어갔다.

자리를 잡자 오래 기다리지 않아 식사가 나왔다.

바로 브리핑이 이어졌다.

동양 글로텍스의 역사에서부터 재무 상황, 앞으로의 발전 가능성과 추진하고 있는 사업 내역 등등 어떻게든 혁준의 투자 심리를 자극시켜서 최대한 많은 돈을 유치시키기 위해 임태원은 자신이 할 수 있는 최선을 다했다.

그러나 정작 혁준은 시큰둥했다.

그도 그럴 것이, 임태원이 지금 떠들어대고 있는 말은 죄다 거짓말이었다. 어떻게든 투자를 끌어내 보려고 포장에 과장, 없는 사실까지 더해서 떠들어대고 있지만 안타깝게도 혁준은 동양 글로텍스의 사정을 너무나 잘 알고 있었다.

자금 사정이 거의 벼랑 끝까지 몰려 있는 상황이다. 투자라는 한마디만으로도 회사의 중역과 당일로 약속을 잡아서 만날 수 있을 정도로, 회사의 중역이 앞뒤 재지도 않고 튀어나와 이렇게 허리부터 굽실거릴 정도로 내부 사정이 엉망인 회사였다.

애당초 임태원의 말에는 관심조차 없었다.

임태원의 말을 듣는 둥 마는 둥 하며 혁준이 관심을 두고 있는 것은 창문 너머로 보이는 흥신소 직원들의 동태였다.

이미 집에서 출발할 때부터 그를 따라오고 있었다.

임태원을 만나 일식집 안으로 들어가자 그때부터 유난히

더 부산스러운 움직임을 보이고 있다. 어딘가로 통화를 하고 있는 것도 보였다.

워낙에 방음 처리가 잘 되어 있는 고급 일식집이다 보니 혁준의 귀로도 누구와 무슨 내용의 통화를 하는지는 들리지 않았지만 어차피 듣지 않아도 그 상대가 누구인지는 뻔했다.

남형필.

그들이 전하는 내용이란 것도 훤히 알 수 있었다.

'내가 동양 글로텍스 임원과 만나는 중이란 걸 전하고 있겠지.'

떡밥을 제대로 물었다.

이제 그가 할 일은 없었다.

기다리기만 하면 알아서 자멸해 줄 것이다.

궁금한 것은 남형필이 과연 어디까지 무너지느냐 하는 것이다.

사실 그가 할 수 있는 것은 남형필이 그의 정보를 이용해서 얻은 지위와 권력 정도만을 다시 돌려놓는 정도였다.

자신으로 인해 얻은 신뢰를 잃고 그로 인해 얻은 지위를 빼앗아 다시는 이 바닥에 발을 못 붙이게 만드는 것, 거기까지가 그가 할 수 있는 전부였다.

그동안 취한 금전적 불로소득은 어차피 법적으로나 현실적으로나 달리 제재를 가할 수 있는 방법이 없었다.

그래서 떡밥에 끼워 넣은 것이 바로 '마지막 거래'라는 쥐약이었다.

그건 남형필을 보다 다급하게 만들어서 판단력을 흐리게 하려는 목적도 있었지만 무엇보다 그만큼 절박한 유혹이라면 혹시 욕심이 지나쳐서 무리수를 두지 않을까 하는 계산에서였다.

물론 어디까지나 걸려들면 좋고 아니면 그만이다.

그런데 혁준이 미처 생각지 못한 것이 있었다.

남형필의 욕심이 혁준이 생각하는 것보다도 훨씬 더 크고 탐욕스럽다는 것이다.

＊　　　＊　　　＊

혁준에게 감시를 붙이고 5일 동안 남형필은 거의 아무것도 하지 못했다.

매 순간 피가 마르는 시간을 보내고 있었다.

혁준의 감시를 맡긴 홍신소에서 좀처럼 이렇다 할 단서를 잡아오지 못한 것이다.

D—day가 가까워지고 있는데도 어찌 된 것이 도무지 움직일 기미를 보이지 않았다.

딱히 누군가를 만나지도 않았고 무언가를 하지도 않았다.

거의 집에서 두문불출했다.

기껏해야 군것질거리나 사러 동네 슈퍼에 가는 것이 흥신소를 통해 보고된 일상의 전부였다.

그렇게 5일이 훌쩍 지났다.

혁준이 말한 D-day가 바로 다음 날로 다가오자 남형필의 불안과 초조는 극에 달할 수밖에 없었다. 습관처럼 물어뜯는 엄지손톱에서 피가 날 지경인데도 그조차 인식하지 못할 정도였다.

그렇게 무심히 흘러가는 시간 속에서 째깍째깍 시침 소리마저 종소리처럼 크게 느껴질 정도로 예민해져 있던 그때, 드디어 흥신소에서 그가 그토록 원하던 정보를 물어왔다.

"동양 글로텍스의 임태원 상무이사와 만나 둘이서 식당으로 들어가는 것까지 확인했습니다."

동양 글로텍스라는 이름을 듣는 순간 이거다 싶었다.

'틀림없어!'

아니면 그동안 잠잠하던 혁준이 D-day를 하루 남기고 이렇게 전격적으로 움직일 리가 없었다.

게다가 동양 글로텍스 상무이사의 손에는 두툼한 서류 뭉치까지 들려 있다고 했다.

'틀림없이 동양 글로텍스야! 동양 글로텍스를 노리고 있는 거야!'

그는 그 즉시 동양 글로텍스에 대해 조사했다.

엉망이었다.

재무, 자산, 비전, 경영주의 마인드까지 아직도 망하지 않고 있는 게 신기할 정도의 회사였다.

국내 방위산업을 대표하는 군수업체로 한때 시가총액이 무려 8천억이 넘는 적도 있었지만 지금은 회생 불능으로 낙인찍혀 곧 상장 폐지 수순에 들어갈 거라는 소문까지 있었다.

오히려 그래서 더 확신이 섰다.

지금까지 혁준이 투자해서 성공을 거둔 회사들이 대개 다 그런 곳이었으니까.

곧 망할 거라고 소문난 회사들이 느닷없는 기술제휴나 신기술 개발, 인수합병 등으로 정말이지 거짓말처럼 하루아침에 기사회생하곤 했으니까.

혁준이 관심을 가진 곳이라면 분명 동양 글로텍스도 그럴 것이다.

아니, 마지막 거래라고 할 정도면 단지 그 정도가 아닐지도 몰랐다.

혁준 정도 되는 큰손이 이 바닥에서 손을 털고 떠날 생각까지 할 정도라면 분명 그 이상의 뭔가가 있는 것이다.

'혹시 상장 폐지 후의 재상장을 노리는 건가?'

상장이 폐지된 후 어떤 계기를 통해 기업 쇄신을 이루고 재상장을 하는 경우가 아예 없는 것은 아니다. 하지만 극히 드문 경우일뿐더러 그런 경우가 있다 하더라도 그 과정에서 감자(자본감소)를 통해서 보유한 주식 수가 줄어들거나 대규모 증자를 통해 물 타기 효과로 지분율이 낮아지게 되어 실제로 차익을 얻기란 힘들었다.

하지만 혁준이라면, 혁준이 선택한 곳이라면 그런 일반적인 상식이나 통념은 의미가 없었다.

이미 재상장을 통해 상당한 수익을 낸 전례도 있었다.

'정말 동양 글로텍스도 그런 거라면……'

만일 그렇다면 지금까지와는 차원이 다른 판이 된다.

같은 재상장이라도 동양 글로텍스 정도의 규모라면, 정말 기적과도 같은 일이 일어나 휴지 조각이 되어 있는 주식이 상장 폐지 후 오히려 그 지분 가치가 대폭으로 오른 채 재상장에 성공한다면…….

'한국 증권사에 그 유례를 찾아볼 수 없을 만큼 큰 판이 벌어지게 될 것이다!'

그래, 이거다!

이거라면 마지막 거래라고 하던 혁준의 그 말이 납득이 된다.

깊게 조사해 볼 필요도 없었다.

이제는 그럴 만한 시간도 없었다.

D-day가 바로 내일인 만큼 한순간도 지체할 수 없는 상황이었다.

그는 바로 전화를 걸었다.

"어, 인성아. 내가 말한 대로 준비 다 했지? 내일 장이 열리면 조금도 지체하지 말고 바로 동양 글로텍스에 올인해. 그래, 동양 글로텍스! 그동안 끌어모은 총알 한 푼도 남기지 말고 다 쏟아부어!"

펀드매니저는 물론이고 증권회사 일반 직원들조차 개인투자는 못하게끔 법으로 정해져 있었다.

하지만 그건 어디까지나 원칙적으로 그렇다는 것이다. 군사정권이 드디어 끝이 나고 이제 문민정부가 들어섰지만 아직까지는 원칙보다는 편법이 더 득세하는 세상이었다. 증권가에서 돈 좀 굴리는 사람치고 딴 주머니 하나 안 차고 있는 사람은 없었다. 그건 남형필도 마찬가지였다.

그 역시 딴 주머니 정도는 차고 있었다.

특히 혁준으로부터 얻는 정보의 가치를 깨닫게 되면서부터 언젠가 이런 날이 올 거라 생각했고, 그래서 철저히 준비를 해뒀다.

금감원이 절대로 추적할 수 없게끔 몇 겹으로 안전장치를 걸어뒀다.

추후에라도 문제가 될 여지는 없었다.

아무튼 그렇게 그동안 모아둔 전 재산을 동양 글로텍스에 올인한 남형필은 그걸로 끝내지 않고 다시 수화기를 들어 어딘가로 전화를 걸었다.

"김종석 원장님, 저 조아증권 남형필입니다."

그가 전화를 건 것은 한국기술개발원장 김종석이었다.

김종석은 남형필의 핫라인 고객 중 한 사람이다.

—어, 그래. 이 시간에 자네가 무슨 일인가?

"긴히 드릴 말씀이 있어서 연락드렸습니다. 원래는 직접 찾아뵙고 말씀드려야 하는데 아무래도 시간도 촉박하고 원장님 스케줄 문제도 있을 것 같아 결례인 줄은 알지만 이렇게 전화로 연락드렸습니다."

—흠, 무슨 일인데 그러나?

"이번에 큰 물건이 하나 나왔습니다."

—······.

"먼저 확실하게 말씀드립니다만 이건 핫라인으로 가는 것이 아닙니다. 제 개인적으로 특별히 원장님께만 드리는 정보입니다."

—자네가 그렇게까지 말을 하는 걸 보니 정말 대단한 물건이긴 한가 보군.

"지금까지 제가 드린 것들의 최소 열 배는 보장할 수 있는 정보입니다."

─흠, 그런 대단한 정보를 특별히 나한테만 주겠다고 하는
건 당연히 내게 따로 바라는 것이 있다는 것이겠군.

"새 정부가 들어서면 재무부로 가신다고 들었습니다."

─어허, 이 사람. 아직 내각 인선은 시작도 하지 않았는데
그 무슨······.

"원장님께서 재무부로 내정되셨다는 건 이미 알 만한 사람
은 다 아는 일인데요, 뭐."

─거참, 사람들 입이란 건 쓸데없이 너무 빠르단 말이야.
그래서, 나한테 바라는 게 뭔가?

"원장님께서 재무부로 가시게 되면 저를 증권국에 넣어주
십시오."

남형필이 다른 핫라인을 다 제쳐 두고 김종석에게 전화를
건 이유는 바로 이 때문이었다.

곧 열리게 되는 새 정부에서 김종석은 재무부 장관으로 내
정되어 있었다.

지금의 재무부는 그 산하에 국고국, 이재국, 증권국, 보험
국, 국제금융국, 세제국, 관세국 등은 물론이고 국세청과 관
세청까지 외청으로 두고 있는 나라 경제의 실질적인 주인이
었다.

돈이 곧 힘인 것은 만고불변의 진리다.

특히 군사정권하에서 각종 비리의 온상이 되어 매관매직

조차 아무렇지 않게 행해지고 있는 이 나라에서 나랏돈을 틀어쥐고 있는 재무부의 힘은 다른 부처에 비할 바가 아니었다.

그런 곳의 다음 대 권력자가 바로 김종석으로 내정되어 있는 것이다.

김종석의 마음만 얻으면 두려울 것이 없다.

김종석의 비호 아래 증권국에 들어가 한자리 차지하게 된다면 일개 펀드매니저에서 단숨에 이 나라 증권가의 실세가 될 수도 있었다.

혁준으로부터 얻어낸 마지막 정보 하나가 그로 하여금 지금까지 감히 상상도 못 하던 돈과 권력을 한꺼번에 쥘 수 있는 기회를 제공한 것이다.

―자네를 증권국에 넣는 거야 어려울 것도 없네만… 아니, 자네같이 유능한 사람이 내 밑에서 일해주겠다고 한다면야 오히려 내가 감사할 노릇이지. 하나 중요한 건 어디까지나 자네가 과연 신뢰할 수 있는 사람이냐 하는 거겠지. 신뢰할 수 없는 사람을 내 사람으로 들일 수는 없는 일이니 말이야.

김종석의 말인즉슨 남형필이 물어다 준 정보가 과연 신뢰할 수 있느냐는 것이다.

"물론입니다. 제가 원장님과 인연을 맺은 후로 원장님을 실망시켜 드린 적은 단 한 번도 없지 않습니까?"

―그야 그렇긴 하지.

"믿어주십시오."

—흠, 좋네. 내 자네를 믿어봄세. 하나 만에 하나 내 신뢰가 잘못된 것이라면 그때는 내가 좀 슬플 거야.

절대로 용서하지 않겠다는 뜻이다.

새 정부가 시작되자마자 이 나라의 경제권을 손아귀에 움켜쥔 사람이다.

절대로 호락호락할 리가 없었다.

마음먹기에 따라선 사람 하나 골로 보내는 건 일도 아닌 사람이다.

그럴 만한 힘도 있고 충분히 그럴 수 있을 만큼 냉혹한 사람이기도 했다.

이 사람에게 손해를 입게 한다는 건 다른 핫라인 고객들에게 손해를 입히는 것과는 돌아오는 대가가 차원이 다를 수밖에 없었다. 그저 증권가에서 매장되는 수준이 아니다. 그때는 이 나라에 그가 살 수 있는 땅이 단 한 조각도 남지 않게 된다는 뜻이다.

'하이 리스크 하이 리턴(High risk high return).'

위험이 큰 만큼 수익은 높은 법이고, 모험 없는 곳에는 이익도 없는 법이다.

더구나 가진 패가 확실한데 판돈이 커졌다고 해서 배팅을 안 할 수는 없는 노릇이 아닌가.

물론 돈을 크게 잃는 대부분의 경우가 또한 확실한 패를 가졌다고 확신할 때이지만 말이다.

　"원장님을, 아니, 장관님을 평생 보필하며 따르겠습니다!"

　남형필은 전화상임에도 불구하고 90도로 깍듯하게 허리를 숙였다. 수화기 너머에서 흡족해하는 웃음소리가 들려왔다.

　남형필은 자신의 인생 전부를 그렇게 올인했다.

　한 치의 의심도 없이 꿈에 부풀었다.

　'이대로 연줄만 잘 탄다면 언젠가 청와대 경제수석 자리도 한번 노려볼 수 있지 않겠어?'

　그만큼 지금 남형필은 한껏 들떠 있었다.

　지금 자신이 부득불 기어서 들어가고 있는 그곳이 지옥인 줄도 모른 채.

　자신이 먹은 것이 달콤한 로열젤리가 아니라 쥐약이라는 것도 모른 채.

　이건 혁준조차도 미처 계산치 못한 일이었다.

　그는 그저 간단한 쥐덫을 놓았을 뿐이다. 걸려봐야 목숨에는 지장이 없는, 그냥 단순히 분풀이용의 작은 쥐덫.

　그런데 이 덜떨어진 인간은 스스로 알아서 묫자리를 구해 무덤을 파더니 이젠 관 뚜껑까지 스스로 알아서 덮으려고 하고 있다.

뭐든지 스스로 알아서 잘하는 새 나라의 착한 쥐새끼처럼
말이다.

그리해 삼 일째 되는 날, 드디어 예고된 사건이 터졌다.

"검찰이 탈세 및 200억에 달하는 공금횡령, 공문서 위조의 죄
목을 들어 동양 글로텍스 사장 임태국 씨를 전격적으로 구속 수
감한 데 이어 회사 공금 30억을 인출해서 잠적한 임태국 씨의 동
생 동양 글로텍스 상무이사 임태원 씨를 상습 도박 및 공금횡령,
사기 혐의로 추적 중에 있습니다. 한편 방탄복 제조 등의 군수 납
품 업체로 시작한 동양 글로텍스는 무리한 사업 확장과 경영진의
방만한 운영 등으로 인해 자금 사정이 어려워지던 중에 이런 불
미스러운 사건까지 더해져 회생 불능의 타격을 입게 되었습니다.
그로 인해 부도 사태를 피할 수 없게……."

"뭐?"

남형필은 점심 식사를 마치고 돌아와 라디오에서 흘러나
오는 뉴스를 느긋하게 듣고 있는 중이었다. 그러다 난데없이
들려오는 동양 글로텍스에 대한 내용에 순간 어리둥절해했
다.

'내가 잘못 들은 건가?'

당연히 그럴 것이다.

하지만 아무리 부정하려고 해도 귀에 박힌 동양 글로텍스란 이름이 너무도 선명했다.

그럴 리가 없다고 생각하면서도 그의 눈은 자연스럽게 주식 동향을 확인하고 있었다. 그러다 순간, 마치 벼락이라도 맞은 듯 경악한 눈으로 자리에서 벌떡 몸을 일으켰다.

"이게 대체……?"

동양 글로텍스의 주가가 급락하고 있었다.

어제까지만 해도 그와 김종석의 막대한 자금이 투입된 때문에 급격히 오름세를 보이던 주식이 지금 이 순간 거의 실시간으로 확인될 정도로 급전직하하며 곤두박질치고 있었다.

어차피 상장 폐지를 기다리고 있었기에 주식값이 떨어지는 게 안타까운 것은 아니다. 그거야 이미 정해진 수순이다.

하지만 부도라니?

부도라면 그동안 그렇게 끌어모은 주식이 정말로 아무 쓸모없는 휴지 조각이 되어버린다는 뜻이다.

마치 꿈이라도 꾸고 있는 것 같았다.

도무지 현실감이 없었다.

하지만 꿈이 아니었다.

분명한 현실이었다.

"대체 어째서……?"

이해도 납득도 안 된다.

혁준에게서 나오는 정보는 단 한 번도 빗나간 적이 없었다.

발밑에 아무렇게나 굴러다니는 자갈도 그가 황금알이라고 하면 황금알이 되었다.

그런 혁준이 이번에는 황금알이 아니라 황금성이 될 거라고 했다.

모래성으로 황금성을 지을 거라고 했다.

그런데 회생 불능이라니?

부도라니?

대체 뭐가 어떻게 된 영문인지 도무지 정신을 차릴 수가 없다.

'설마… 내가 잘못 짚었던 거야?'

그럴 리가 없다.

혁준이 만난 사람은 분명 동양 글로텍스의 임태원 상무이사였다.

홍신소를 통해 세 번, 네 번 확인하고 또 확인했다.

동양이란 이름이 들어가고 D—day 전날 만난 사람이 동양 글로텍스의 임원이라면 이건 의심의 여지가 없는 일이 아닌가.

"대체 뭐가 어떻게 된 거냐고!"

의문은 한가득인데 어느 하나 풀리는 것이 없다.

하지만 지금은 한가하게 그런 의문이나 붙들고 있을 여유가 없었다.

'망했다!'

그랬다.

완전히 망해 버렸다.

돈도, 권력도, 지위도 한꺼번에 다 날려 버렸다.

이젠 그야말로 빈털터리 신세다.

그러나 정작 가장 큰 문제는 그게 아니었다.

돈을 날린 것보다, 지위를 잃은 것보다, 권력을 놓친 것보다 더 큰일은 김종석을 화나게 했다는 것이다.

어떤 경우라도 화나게 해서는 안 되는 사람이다.

그런데 화나게 만들어 버렸다.

그것도 아주 많이.

뒷일이 도무지 감당이 안 될 만큼.

막대한 손해를 입고 절대로 그냥 넘어갈 사람이 아니다.

어떤 식으로든 보복 조치를 취할 것이다.

그리고 그 보복 조치란 건 모르긴 해도 그가 상상하는 그 이상의 파멸일 것이다.

그때였다.

따르르르릉, 따르르르릉.

전화벨이 울렸다.

덜컥 겁부터 났다.

끊기지 않고 계속해서 울려대는 전화벨이 누구의 것인지는 받지 않아도 알 수 있었다.

'김종석…….'

그 이름을 떠올리는 것만으로도 눈앞이 깜깜해 오고 숨이 턱 막혀왔다.

이 전화는 추궁이 아니었다.

이미 벌어진 일을, 다시 돌이킬 수 없는 일을 부질없이 추궁이나 할 사람이 아니었다.

이건 그냥 사형선고였다.

"젠장! 이대로 끝낼 수는 없어!"

이대로 넋 놓고 목을 내어줄 수는 없었다.

어떻게든 살길을 찾아야 했다.

어떻게든 살아남아야 훗날을 기약할 수도, 재기를 도모할 수도 있었다.

그리고 지금 그에게 남은 유일한 살길이란 도주밖에 없었다.

간단히 필요한 것만 챙겼다.

그리고 급히 회사를 나왔다.

그길로 바로 집으로 가서 간단히 옷가지와 여권만 챙겨서 공항으로 향할 생각이다.

그런데 그가 막 회사를 나왔을 때다.

"남형필 씨 되시죠?"

한눈에도 형사로 보이는 사내들이 그를 에워쌌다.

"남형필 씨 당신을 사기 및 뇌물 수수 등 총 스물세 건의 금융법 위반으로 긴급 체포합니다. 당신은 묵비권을 행사할 수 있고 변호사를 선임할 수 있으며 법정에서 불리한 진술에 대해 입장을 거부할 권리가 있습니다."

딱딱한 얼굴로 미란다 원칙을 읊어대는 형사의 건조한 목소리를 들으며 황당해하는 남형필이다.

"잠깐만요. 그게 무슨……? 사기라뇨? 뇌물 수수라뇨?"

거기다 총 스물세 건의 금융법 위반은 또 뭐란 말인가?

하지만 황당함은 오래가지 않았다.

'김종석…….'

김종석이 손을 쓴 것임을 바로 깨달았다.

김종석이 손을 쓴 것이 틀림없었다. 그게 아니라면 애당초 경찰이 이렇게 빨리 움직였을 리도 없었다.

"자세한 건 일단 서에 가서 말씀하시죠."

형사가 여전히 딱딱하고 건조한 목소리로 그렇게 남형필의 말을 일축하고는 남형필의 손을 거칠게 잡아챘다.

철컥.

그리곤 남형필의 손목에 수갑을 채웠다.

순간 그야말로 심장이 덜컥 내려앉는 기분이 들었다.

아니, 아예 하늘이 무너져 내리는 것처럼 아득해 왔다. 아니, 실제로 하늘이 무너져 내리고 있었다.

어쩌다 이렇게 되었을까?

돌이켜 보면 이 모든 게 혁준 때문이다.

혁준을 만나기 전의 그는 평범한 펀드매니저였다.

다른 펀드매니저처럼 간혹 편법을 쓰기도 하고 정보를 팔기도 하면서 남들보다 조금 더 많은 것을 영위하며 사는 것을 특권이라 생각하던 평범한 펀드매니저.

혁준을 만나고부터, 혁준이 주는 정보들의 가치를 알게 되고부터 그는 더 이상 평범한 펀드매니저가 아니게 되어버렸다.

단 한 달 만에 업계에서 다섯 손가락 안에 들어야만 가능하다는 핫라인을 만들었고, 조아증권 사장조차 그 앞에서 감히 함부로 하대를 못 할 정도의 지위를 얻었다.

그런데 혁준이 그의 손을 놓았다.

거기서부터 잘못되었다.

'그래, 그 어린놈의 새끼가 큰 건이니 마지막 거래니 그런 말만 하지 않았어도……'

그랬다면 그가 잘못된 정보에 속을 일도 없었을 것이고, 그 잘못된 정보를 김종석에게 주는 일도 없었을 것이다. 그랬다면 지금 여기서 이런 꼴을 당하고 있지도 않을 것이다.

'그래, 이게 다 그 새끼 때문이다!'

이 모든 암담한 상황에 대한 원망과 분노가 혁준에게로 향했다.

애당초 모든 잘못은 그가 혁준의 정보를 탐하면서부터 시작되었다.

자신의 이득을 위해 고객의 정보를 자신의 것이라도 되는 양 함부로 유용한 것이 이 참담한 사태의 가장 근본적인 원인이다. 그런데도 모든 잘못을 혁준의 탓으로만 돌리고 있는 남형필이다.

그런 인간이었다.

이기적이고 편협하고 욕심 많은…….

남 탓하기 좋아하고 자신의 잘못 같은 건 절대로 인정하지 않는…….

애초에 자신을 돌아볼 줄 아는 사람이었다면, 자신의 잘못을 인정할 줄 아는 사람이었다면 지금 이렇게 수갑까지 차는 일은 없었을 것이다.

결국 자업자득인 셈이다.

혁준의 정보로 호가호위한 주제에 분수에 맞지 않게 욕심을 부려대다 결국 이렇게 인생 종치고 만 것이다.

제13장
어덜트 베이비

"야, 너 또 야자 까는 거냐?"

혁준이 책가방을 들고 일어서자 민수가 어이없어하며 묻는다.

"한두 번도 아니고 너 그러다 학주한테 걸리면 진짜 뼈도 못 추릴걸?"

"괜찮아, 나한텐 창수가 있으니까."

그렇다.

배트맨에게 집사 알프레드가 있다면 그에겐 창수가 있었다.

"그렇지, 알프레드?"

혁준이 창수를 보며 눈을 찡긋하자 창수가 주먹으로 자신의 가슴을 팡팡 친다.

"응, 나만 믿어. 내가 무슨 수를 써서라도 넌 보호해 줄 테니까."

조금 오글거리지만 그래도 역시 든든하다.

새 학기 들어 학생들과 선생님들의 전폭적인 지지 아래 학생회장까지 된 창수다.

원래 그런 데 출마할 성격이 아닌데도 날 보좌하자면 그 정도 지위와 권력은 있어야 한다나 뭐라나.

아무튼 덕분에 많은 도움을 받았다.

지금껏 숱하게 야자를 땡땡이쳤는데도 아직까지 무사한 것도 그런 창수의 도움이 절대적이다.

혁준은 창수의 어깨를 툭툭 두들겨 주고는 교실을 나섰다.

"그럼 이 형님께선 공사가 다망한 관계로 이만. 수고해라, 학우들아."

그렇게 학교를 벗어나자 사람들 눈에 안 띄는 곳에 차유경이 벤츠와 함께 기다리고 있었다.

벤츠에 오르자 차유경이 준비해 둔 석간신문을 그에게 건넸다.

무심결에 습관적으로 석간신문을 펼쳐보던 혁준은,

"응?"

순간 놀란 눈을 동그랗게 떴다.

[증권사 직원, 펀드매니저 등 공모]

─특정 회사의 주가를 올려 막대한 부당이득을 챙기려 한 증권사 직원과 이들로부터 대량으로 주식을 매입해 달라는 부탁과 함께 거액의 뇌물을 받은 펀드매니저 등 탈법적 주식 거래자 10여 명이 무더기로 적발됐다. 서울지검 특수1부 김홍진 부장검사는 특히 이를 주도한 조아증권 펀드매니저 남형필 씨(37) 등 세 명을 증권거래법 위반 및 뇌물 수수 등의 혐의로 전격 구속했다. 이들은 이 외에도 특정 기업 주식을 상대로 자신들이 관리해 온 고객 예탁 계좌를 이용, 주가를 조작해 온 것으로 알려진 가운데 검찰은 이들에게 여죄가 더 있을 것으로 파악하고 집중 추궁 중인 것으로 알려졌다.

'조아증권? 펀드매니저 남형필?'

이건 어떻게 봐도 그의 담당 매니저가 분명했다.

"어쩐지 요 며칠 통 연락이 안 되더라니……."

며칠 전 과연 자신이 먹인 쥐약이 제대로 통했는지 확인해 볼 겸 연락을 넣었다.

한데 어쩐 일인지 퇴사했다고만 하고 연락이 닿지 않았다.

아무 인사도 없이 퇴사했다는 것만으로도 자신의 쥐약이 제대로 약발을 받은 거라 생각했기에 사실 그러고는 쿨하게 잊어먹고 있었다.

그러다 이런 기사를 본 것이다.

그간의 사정을 전혀 모르는 혁준이다.

자신이 흘린 떡밥을 가지고 남형필이 김종석과 비밀리에 모종의 거래를 했다는 것도, 그 떡밥이 떡밥으로 판명나자 김종석이 화가 단단히 났다는 것도, 그래서 남형필을 이번에 잡힌 주가 조작단과 묶어서 있는 죄에 없는 죄까지 다 뒤집어씌워 버렸다는 것도 당연히 알지 못했다.

그러니 이 신문지상의 기사가 그에겐 사실로 받아들여질 수밖에 없었다.

"허, 참나, 내가 준 정보로 장난질이나 처댈 때는 그냥 쥐새끼인 줄 알았더니 이거 완전 개잡놈이었네?"

물론 지금 혁준의 말을 남형필이 들었다면 심히 억울한 면이 없잖아 있을 테지만, 어쨌든 그마저도 이미 분풀이를 끝낸 혁준에겐 잠깐의 관심거리에 지나지 않았다.

조아증권과는 이미 거래를 끊었고 남형필이 맡아 하던 일은 차유경에게 모두 일임해 둔 상태이다. 무엇보다 최근 들어 기가스에서 투자한 벤처기업들이 하나둘 성과를 나타내고 있는 시점이어서 눈코 뜰 새 없이 바쁜 나날을 보내고 있다. 과거의 불쾌하던 기억 따위를 붙들고 있을 새가 없었다.

혁준은 신문을 한쪽으로 치우고는 차유경에게 말했다.

"차 실장님, 내일은 특허청에 좀 다녀와 주서야겠어요."

아무래도 혁준을 대신해 여러 일을 하자면 그럴듯한 명함 하나 정도는 있어야 했다. 그래서 임시로 달아준 것이 비서실 장이란 직책이다.

"우진비트의 D램 제조 기술 건이겠네요?"

"예. 우선 심사로 돌려서 최대한 특허 등록 기간을 줄여야 겠어요."

"관계자들을 만나서 우선 심사 기간도 최대한 줄여볼게 요."

이런 행정적인 일은 혁준이 직접 처리할 때보다 차유경에 게 맡겼을 때가 훨씬 신속하게 처리되었을 뿐만 아니라 보다 효과적이고 성과도 좋았다.

그러다 보니 행정적인 절차가 필요한 일은 언제나 차유경 의 몫이었다.

'내가 너무 부려먹는 건 아닌지 몰라?'

회사 재무 관리에서부터 수행비서 일에 이런 복잡한 행정 처리 업무까지, 거기다 얼마 전부턴 그의 주식까지도 맡아 관 리하고 있었다.

혼자 하기에는 너무 많은 업무였다.

그래서 한 번은 너무 과중한 업무가 미안해서 사람을 좀 뽑아서 쓰는 게 어떠냐고 했더니 당장은 사무실도 없으니 본사 공사가 끝날 때까진 자신 혼자서 하겠단다. 그러는 편이 기가스의 전체적인 업무를 파악하는 데도 도움이 될 거라는 것이다.

'무슨 안드로이드도 아니고 인간미가 없다니까, 인간미가.'

그 많은 일을 혼자 다 소화하면서도 피곤한 기색 한 번 비춘 적이 없고, 작은 실수 한 번 한 적이 없어서 어떨 때 보면 정말 로봇처럼 느껴질 때도 있었다.

혁준이 운전석의 차유경을 보며 그런 생각을 하고 있을 때였다.

차유경이 물었다.

"이제 댁으로 모실까요?"

혁준이 고개를 저었다.

"아뇨, 잠실로 가요."

"잠실은 왜……?"

"소개시켜 드릴 녀석들이 있어서요."

순간 차유경의 눈빛이 반짝였다.

"혹시 세 분 기술이사님인가요?"

기가스 테크놀로지의 브레인.

지금의 한진테크를 키운 실질적인 주인공들.

그들이 만들어내는 물건들은 하나같이 시대를 앞서가는 것들이었다.

천재라는 단어조차 부족할 만큼 그들은 신비롭고 그 자체로 기적 같았다.

그래서 늘 궁금했다.

하지만 입사한 지 석 달이 넘도록 혁준은 그녀에게 그들을 소개시켜 주지 않았다.

솔직히 말하면 꺼렸다.

바보 삼형제는 혁준에게 있어서 없어서는 안 될 존재였다.

그리해 외부에 노출시키는 것도 철저히 차단해서 이쪽 업계에서 그들의 얼굴을 아는 사람은 한성진뿐이었다.

아무리 능력을 인정해서 스카우트한 차유경이지만 능력을 인정하는 것과 사람 자체를 믿는 것은 엄연히 달랐다.

그러나 지난 석 달 동안 차유경을 겪으며 이젠 어느 정도의 신뢰가 쌓였다.

그리고 바보 삼형제도 얼마 전 한성진으로부터 새로운 여직원이 엄청난 미인이라는 소리를 듣고는 한번 보고 싶다며 매일같이 극성을 떨어대고 있는 중이다.

그게 아니더라도 더는 미룰 수가 없었다.

무엇보다 바보 삼형제가 개발한 기술들이 본격적으로 특

허 작업에 들어가면서 차유경과 직접적으로 소통해야 할 일이 많아진 것이다.

그래서 오늘 그들과 만나기로 했는데, 기대로 반짝이는 차유경의 눈을 보자니 조금 걱정이 되었다.

"뭔가 그 녀석들에 대해 환상을 가지고 계신 것 같은데… 너무 기대하지 않는 게 정신 건강에 좋을 겁니다."

"예?"

"한 대표님이 녀석들을 지나치게 과대 포장한 거 같아서 말입니다. 우리 회사 최고의 브레인이니 한진테크가 지금처럼 클 수 있는 게 모두 녀석들 덕분이니 수백 억 자산의 한진테크 대주주니 뭐니 그딴 거 다 개소립니다."

"……?"

"그냥 바보들이죠. 수백 억짜리 지분을 짜장면 한 그릇 취급도 안 하는, 과학밖에 모르는 바보천치들."

뭔가 사연이 있는지 혁준이 지난 기억을 떠올리며 이를 빠드득 갈았다.

그도 그럴 것이, 한진테크의 부도를 막은 직후 휴지 조각이 되어 굴러다니는 한진테크의 지분을 진짜 발에 땀나도록 뛰어다니며 박박 긁어다가 나눠 줬더니 한다는 말이 이랬다.

"이런 거 꼭 우리가 가지고 있어야 해요? 괜히 골치만 아플 거 같은데……."

"그냥 준이 형님이 관리하시면 안 돼요? 서류 보관하고 관리하는 거, 그거 딱 싫은데. 귀찮기도 하고. 근데 밥은 언제 먹어요?"

"우리 짜장면 먹어요!"

"난 짜장면은 됐고, 다른 거 사줘요. 족발이나……."

"족발보다는 그냥 난 돈가스가 먹고 싶은데……."

"그럼 난 김밥에 떡볶이!"

"나 참, 내 딴에는 지들 생각해서 발품까지 팔아가며 모은 지분인데 말이야. 무려 27퍼센트라고, 27퍼센트! 그게 지금 돈으로 환산으로 얼만 줄이나 아냔 말이지! 그런데도 고맙다는 말은커녕 뭐, 귀찮아? 짜장면? 돈가스?"

사람 성의를 몰라줘도 유분수다.

'수백 억 가치의 지분을 한 끼 식사보다도 못한 취급을 하는 건 좀 너무한 거 아니냐고!'

그때 다시 한 번 결심했다.

녀석들한테는 아무것도 해줄 필요가 없다고.

아무리 좋은 걸 줘봐야 돼지 목의 진주 목걸이일 뿐이라고.

그냥 밥만 먹여주면 그걸로 충분하다고.

그때 입은 정신적 데미지를 생각하면 아직도 허탈하고 허무해서 맥이 다 빠진다.

"아무튼 차 실장님이 생각하는 것과는 완전히 다른 녀석들이니 괜한 환상은 버리세요. 그리고 혹시 괴상한 짓을 한다거나 괴상한 소리를 지른다거나 괴상한 말을 한다고 해도 그러려니 하시구요. 뭐, 바보인 데다가 정상과도 좀 거리가 멀긴 하지만 그래도 사람을 다치게 하진 않으니까."

혁준의 말이 도통 이해가 안 되는 차유경이다.

농담인지 진담인지 구분도 안 되었다.

하지만 혁준의 안내를 받아 잠실의 한 단독주택에 도착한 차유경은 혁준의 말을 충분히 이해할 수 있었다.

결코 농담이 아니란 것도 알 수 있었다.

집 안으로 들어서자마자 아주 난리가 났다.

차유경을 보자마자 방 안을 방방 뛰어다니고, 그녀의 주위를 기웃거리며 빙빙 돌고, 심지어 코를 가져다 대고 킁킁거리는 등 괴상한 짓을 해댄다.

어디 그뿐인가.

"우오! 우오! 우오! 우오오오오오!"

고릴라처럼 괴상한 소리를 질러대고,

"헐! 조낸 쩔어요! 완전 깜놀! 레알 볼매! 진짜 초대박 갠춘! 나 이런 킹왕짱 귀요미 첨 봐요!"

과연 한국말이긴 한 건지 싶을 만큼 전혀 알아듣지 못할 괴상한 말들을 해댄다.

그건 지극히 논리적이고 정상적인 사고를 가진 그녀가 감당하기에는 너무도 비논리적이고 비정상적이다.

'이게… 그… 천재들이라고?'

기가스 테크놀로지의 브레인.

시대를 앞서가는 천재.

신비롭고 그 자체로 기적인 존재들이라 하지 않았던가?

'대체 어디가?'

이 이해할 수 없는 인종들의 기괴한 행동에 머릿속이 다 멍해져서 정말이지 어떻게 해야 할 바를 모르겠다.

그때 혁준이 바보 삼형제에게서 그녀를 떼어내고는 말했다.

"차 실장님, 잠깐 나가 계세요. 아니, 오늘은 여기서 이만 퇴근하세요."

"예?"

"제가 이 녀석들한테 따로 볼일이 생겨서요. 소개는 다음에 하죠."

혁준의 말은 갑작스러웠다.

소개시켜 주겠다고 데리고 와서는 제대로 인사도 하기 전에 그냥 가라니?

하지만 이 순간 차유경이 느낀 것은 의아함이나 의문이 아니라 안도감이었다. 뭐가 어떻게 되었든 간에 이 기괴한 공간에서 벗어날 수 있다는 것만으로도 그저 다행이었다.

그리해 차유경이 뒤도 돌아보지 않고 밖으로 나가자 혁준이 눈빛을 날카롭게 하며 바보 삼형제를 노려보았다.

"무슨 일이야?"

"뭐, 뭐가요?"

"니들이 아무리 정상이 아닌 놈들이라고 해도 방금 그 반응은 너무 과했잖아? 게다가 우리가 들어왔을 때 그 당황해하던 표정들은 또 뭐고? 무슨 일이야? 뭘 숨긴 거야?"

바보 삼형제에 대해선 이제 빠삭했다.

녀석들의 표정이나 행동거지만 봐도 무슨 생각을 하는지 속속들이 알 수 있었다.

아니나 다를까, 잠시 서로를 마주 보며 눈빛을 주고받던 녀석들이 체념한 듯 한숨을 푹 내쉬더니,

"따라오세요."

그렇게 말하고는 혁준을 어딘가로 데리고 갔다.

지하 창고였다.

그리고 그곳에 상당히 낯익은 물건이 있었다.

"이거 혹시……?"

"맞아요. 전에 만들었던 양자이동 캡슐."

그랬다.

지하 창고 중앙에 떡하니 자리를 차지하고 있는 것은 그들을 과거로 내던져 버렸던 바로 그 양자이동 캡슐과 흡사한 모

양의, 아니, 아예 똑같은 모양의 깡통 상자였다.

혁준이 눈살을 찌푸렸다.

"이걸 왜 만들고 있어?"

"돌아가려고요."

"뭐?"

"양자이동 캡슐이 왜 타임머신이 된 건지는 모르지만, 어쨌든 그때랑 똑같이만 만들면 타임머신이 된다는 거잖아요. 그래서 만들려고요, 타임머신."

"……"

"만들어서 다시 원래 있던 곳으로 돌아가려고요. 쭌이 형님, 쭌이 형님도 같이 가실 거죠?"

"……"

＊　　　＊　　　＊

"재료만 있으면 조립하는 거야 금방 할 수 있는데, 지금 시대에는 아예 생산 자체가 안 된 재료들도 있어서 그걸 완전히 새로 만들려면 시간이 좀 걸릴 거예요. 제2의 뉴트리노요? 당연히 필요하죠. 하지만 그건 발견이 된 거지 발명을 한 게 아니잖아요. 지금도 당연히 존재하죠. 문제는 그걸 어떻게 실용화시키느냐 하는 건데, 그거야 이미 양자이동 캡슐을 만들면서 테스트를 끝냈으니까요."

짧으면 한 달, 길어도 석 달은 안 넘길 거라고 한다.

이런 날이 올 거라고는 미처 생각 못 했다.

하지만 다시 생각해 보면 새삼스러울 것도 없는 일이다.

양자이동 캡슐이든 타임머신이든 이미 만들어본 그들이다. 그걸 다시 만들지 못하리란 법이 없었다.

"네? 쭌이 형님도 같이 가실 거죠?"

이런 질문을 받게 될 줄도 몰랐고 이런 고민을 하게 될 줄도 몰랐다.

그래서 혁준은 잠시 대답할 말을 찾지 못했다.

그러나 잠깐만 생각해 봐도 이건 고민할 만한 가치도 없는 질문이었다.

"안 가."

"왜요?"

"난 여기가 좋으니까."

다시 돌아가 봐야 찌질한 백수 신세다.

여기서 남부럽지 않은 성공 가도를 달리고 있는데 뭣하러 그런 찌질한 신세로 다시 돌아간단 말인가?

지금 가장 중요한 문제는 다시 미래로 돌아가느냐 마느냐가 아니었다. 그건 일고의 가치도 없는 일이었다.

지금 가장 중요한 문제는, 그리고 고민해 봐야 할 문제는 바보 삼형제를 이대로 보내야 하느냐 아니면 잡아야 하느냐였다.

바보 삼형제의 능력은 그에게 있어 중요한 사업 아이템이다. 그들이 이대로 떠나 버리면 당장 기가스 테크놀로지부터 막대한 타격을 받을 수밖에 없었다.

욕심 같아서는 보내고 싶지 않았다.

하지만 그에겐 그들을 강제할 아무런 자격도 권한도 없었다. 더구나 혁준에게야 지금의 이 세계가 최고의 환경이지만 과학밖에 모르는 그들에겐 과학기술이 보다 발전된 미래의 환경이 더욱 이상적일 수밖에 없었다.

'하긴 이 녀석들이 없어도 내겐 스마트폰이 있으니까.'

물론 바보 삼형제가 없으면 여러 가지 어려움이야 겪겠지만 그나마 스마트폰이 있으니 그런 어려움 정도는 어떻게든 헤쳐 나갈 수 있을 것이다. 다만 그래도 못내 마음이 기껍지 않은 것은 그에게 있어 유일하다 할 만큼 모든 것을 터놓고 지낼 수 있는 지기들과의 헤어짐이 그저 아쉽고 쓸쓸한 때문이다.

마음은 기껍지 못했지만 어차피 보내줘야 하는 거라면 쿨하게 보내주기로 했다.

그래서 남은 기간 동안 그들이 원하는 건 뭐든지 다 해줄 생각이다. 필요하다면 양자이동 캡슐을 만드는 것까지도 지원해 주기로 결심했다.

그런데 그로부터 이틀 후 아침이었다.

어쩐 일인지 진석에게서 다급한 목소리로 전화가 왔다.

"쭌이 형님! 큰일 났어요!"

집으로 전화하는 경우도 드물거니와 이렇게 다급해하는 것도 좀처럼 볼 수 없던 일이다.

"큰일이라니? 무슨 일인데?"

"그게 성재가… 성재가 사라졌어요!"

"성재가 사라져?"

"예! 아무튼 빨리 좀 와주세요! 빨리요, 빨리!"

진석의 목소리가 워낙에 다급해서 혁준은 그 즉시 잠실로 달려갔다. 진석의 말대로 거기에는 진석과 용운이만 있을 뿐 성재가 보이지 않았다.

"대체 어떻게 된 거야? 성재가 사라지다니? 어디 바람이라도 쐬러 간 거 아냐? 아니면 가출이라도 한 거야?"

"그게 아니라 사라졌다고요! 사라졌다니까요!"

"진짜예요! 진짜로 사라졌어요!"

도대체 이 녀석들이 무슨 말을 하는 건지 알 수가 없었다.

바람을 쐬러 간 것도 아니고 가출을 한 것도 아니라면 대체 어디로 갔다는 말인가?

"그러니까, 진짜로 사라졌다고요! 연기처럼 뿅 하고!"

"연기처럼 뿅 하고?"

"네, 그렇다니까요! 아침에 제가 제일 먼저 일어났는데요⋯⋯."

"아냐, 내가 먼저 깼어."

"깬 건 니가 먼저지만 일어난 건 내가 먼저야!"

"깬 게 일어난 거지! 뭐가 달라?"

"다르지! 깬 건 깬 거고 일어난 건 일어난 거니까!"

이야기가 엉뚱한 데로 샌다.

늘 있는 일이라 새삼스럽지도 않다. 혁준은 이야기가 엉뚱한 데로 새는 듯하자 그 즉시 길을 바로잡았다.

"그래서 성재가 마지막에 깼다는 거지?"

"네!"

"네, 맞아요! 성재가 마지막에 깼는데요, 근데 갑자기 성재 몸이 이상해지는 거예요."

"이상해져?"

"몸이 막 연기처럼 변했어요."

"연기 같기도 했는데 유령 같기도 했어요."

"맞아, 맞아! 유령 같았어!"

"⋯⋯."

"근데 갑자기 우리 눈앞에서 감쪽같이 사라져 버린 거예요."

순간적으로 이 녀석들이 단체로 꿈이라도 꿨나 싶다.

하지만 그 순간 불현듯 떠오르는 게 있었다.

혁준이 설마 하는 마음으로 급히 물었다.

"니들 성재 생일 알아? 혹시 오늘 아냐?"

"어라? 쭌이 형님이 성재 생일이 오늘인 건 어떻게 알았어요?"

"어라? 그러고 보니 이상하네. 왜 하필이면 자기 생일날 사라진 거지?"

혁준이 어리둥절해 있는 그들에게 한 번 더 확인 차 물었다.

"니들 93년생이지?"

"네, 93년 10월 11일이요. 근데 그건 왜요?"

"난 빠른 94. 2월 26일이요. 근데 왜요?

순간, 혁준의 얼굴이 더 심하게 구겨질 수가 없을 만큼 구겨졌다.

"쭌이 형님, 뭐 짐작 가는 거라도 있으세요?"

짐작 가는 거 있다.

"성재 그 녀석, 어쩌면 나처럼 합쳐진 것일지도 몰라."

"네? 그게 무슨 말씀이세요? 합쳐지다니?"

"오늘이 생일이라며? 그럼 그 녀석이 오늘 태어났다는 거잖아. 내가 과거의 나랑 합쳐진 것처럼 성재도 과거의 성재랑 합쳐져 버린 것일지도 모른다 이 말이야!"

"에이, 설마요?"

"그럼 설마 지금 성재가 갓난아기가 되어 있을 수도 있단 말이에요? 에이, 그럴 리가요."

'에이, 설마'라고 하면서도 그들의 얼굴 또한 혁준처럼 점점 더 심각하게 굳어지고 있었다.

그도 그럴 것이, 과거로 와서 혁준을 처음 만난 날, 과거의 모습으로 변한 혁준을 보며 완벽히 동일한 입자는 같은 시공간에 존재할 수 없다는 '일심성 공존 불가의 법칙'이 충분히 신빙성 있는 주장이라고 한 것이 바로 그들이다.

게다가 무엇보다 그 주장을 여실히 증명해 주는 실제 표본이 바로 그들의 눈앞에 있다.

"니들 성재네 부모님 집 알아?"

"네, 알아요. 저번에 성재 따라서 한번 찾아가 봤거든요. 물론 인사도 못 드리고 그냥 왔지만."

"어디야?"

"바로 옆이에요. 차 타면 20분도 안 걸려요."

혁준은 진석과 용운을 데리고 곧장 성재네 집을 찾아갔다.

그리해 찾아간 곳은 아담하지만 예쁘고 그러면서도 세련된 느낌의 주택들이 줄지어 서 있는 주택 단지였다. 성재의 집은 그중 하나였다.

하지만 얼핏 보기에도 안에선 사람의 인기척이 느껴지지 않았다.

당연한 일이다.

지금쯤이면 성재도, 성재의 부모도 모두 산부인과에 있을 것이다.

"이제 어떻게 해요?"

"일단 어느 산부인과인지 그것부터 알아봐요."

진석의 말에 혁준이 마뜩찮다는 듯 고개를 저었다.

"어차피 산부인과를 찾아가 봐야 소용없어. 부모가 아니면 신생아실은 들어갈 수도 없으니까."

"그럼 어떻게 해요?"

"퇴원할 때까지 기다려야지."

문제는 퇴원을 한다고 해서 바로 성재를 만날 수 있느냐 하는 것이었다.

갓난아기니만큼 집 밖 출입까지는 꽤 시간이 걸릴 것이다. 게다가 집 밖 출입을 한다고 해도 그 부모가 낯선 그들을 선뜻 성재에게 접근하게 해줄 리도 없었다.

'우선은 이 근처에다가 집이라도 마련해야겠어.'

가능하면 성재의 집과 가까우면 가까울수록 좋았다. 아무래도 이웃이라면 그만큼 접근하기가 용이할 테니까.

더구나 성재가 정말로 과거의 성재와 하나로 합쳐진 거라면 앞으로의 일을 위해서라도 성재의 부모와는 미리미리 친해둘 필요가 있었다.

성재 건은 일단 그렇게 처리하기로 했다.

이제 남은 것은 진석과 용운이었다.

"지금 니들 부모님 살고 계신 곳이 어디야?"

"그건 왜요?"

"성재도 성재지만 니들 상태도 알아봐야 할 거 아냐?"

"우린 괜찮아요. 어차피 태어나기 전에 미래로 돌아가면 되니까."

"그래도 어떤 상황인지 정도는 파악하고 있어야 하니까 잔말 말고 대답이나 해. 니들 부모님들 살고 계신 곳이 정확이 어디야?"

"우리 부모님은 지금 연신내에 살고 계세요."

"난 모르는데요? 이사를 하도 많이 다니셔서 이때쯤 어디에 계셨는지……. 그래서 성재랑 용운이는 다들 부모님 얼굴이라도 보고 왔는데 전 그러지도 못했어요."

진석의 말에 혁준이 눈살을 찌푸렸다.

사실 둘 중 가장 급한 것은 진석이었다.

생일이 10월이라고 했다.

그렇다는 것은 그는 이미 태아 상태라는 뜻이고, 불과 일곱 달 후면 세상 밖으로 나오게 된다는 말이다.

타임머신을 만드는 데 길어야 석 달이라고 했지만 세상일이라는 게 계획대로만 되는 것이 아니다. 자칫 시간이 지체되면 최악의 경우 진석 역시 성재와 마찬가지로 갓난아기가 될 수도 있었다.

그것만큼은 사양이다.

열아홉 꽃다운 청춘에 애들 보모 짓이나 하고 있을 수는 없었다.

혁준이 다시 물었다.

"그럼 부모님 함자랑 주민번호, 그 외 단서가 될 만한 건 다 말해봐."

하지만 진석이 아는 거라곤 부모님 함자가 이성민, 임지숙이라는 것과 인천에서 계속 살고 있었다는 것뿐이었다.

어쨌거나 혁준은 부족하나마 얻은 그들 부모의 정보를 그 즉시 흥신소에 맡겼다. 그러고 나서 차유경에게 돈은 얼마가 들어도 좋으니 성재 집 가장 가까운 곳에 바로 입주할 수 있도록 부동산에 집을 알아보라고 시켰다.

다행히 집 문제는 일사천리로 해결되었다.

그 주택 단지 자체가 젊은 부부들을 주 타깃으로 만들어진 곳인 데다 꽤 가격대가 높아서 전문직 종사자들이 주로 살고 있었다. 그러다 보니 집에 대한 애정이나 집착보다는 실리적인 면을 더 중요하게 여기는 사람들이 많아서 시세의 두 배를

쳐주겠다고 하자 간단히 매매 계약을 할 수 있었다.

더더욱 다행인 것은 계약을 맺은 집이 성재네 바로 옆집이라는 것이다.

*　　*　　*

그로부터 3주일 후다.

성재가 집으로 돌아온 지 보름, 그리고 혁준과 이제 바보 이형제가 된 그들이 그 옆집으로 이사 온 지도 보름째가 되는 날, 드디어 이사 떡을 핑계로 성재네 집을 방문하기로 날을 잡았다.

2주째가 되고부터 가까운 가게 정도는 다닐 수 있게 된 성재의 어머니였고, 그때마다 반갑게 얼굴을 익혀뒀다.

거기다 그사이 성재의 아버지 한창희와도 친분을 쌓았다.

성재의 아버지 한창희가 꽤 유명한 광고 회사의 광고 기획자란 것을 알게 된 혁준은 그 즉시 기가스 테크놀로지의 TV 광고를 의뢰한다는 핑계로 그와 직접 안면을 텄고, 그 후로도 세 번을 더 만났다.

그러는 중에 한창희도 업무상 기가스 테크놀로지에 대해 나름의 조사를 한 모양인지 매번 만날 때마다 그를 대하는 태도가 달라졌다. 광고주가 결코 만만한 회사가 아니란 것을 알게 되면 알게 될수록 광고 기획자와 클라이언트와의 상호 신뢰 관계가 보다 탄탄해지는 것은 당연한 일이다.

TV 광고를 할 정도의 역량을 가진 회사의 클라이언트가 이웃 주민이라면, 그 이웃 주민이 떡을 돌리러 왔다면 적어도 안으로 들여 차 한 잔 내어주는 것은 우리 사회의 미덕이고 상식이 아니겠는가?

"얌마, 최대한 단정하게 입으라니까. 착하게 보여야지, 착하게. 그래야 성재 얼굴을 한 번이라도 더 볼 거 아냐."

아무리 사전 준비가 철저하다고 하더라도 한순간이라도 성재 어머니 서은정의 눈 밖에 나게 되면 그걸로 오늘의 거사는 끝이었다.

그래서 여러 경우의 수를 미리 정해놓고 거기에 맞는 말과 행동 동선도 미리 짜놓았다. 심지어 코디에서 헤어, 메이크업까지 이 나라에서 제일 잘나간다는 전문가들까지 고용했을 정도다.

그렇게 모든 준비를 다 마친 혁준은 그날 저녁 바보 형제를 데리고 성재네 집으로 갔다.

띵똥띵똥.

"누구십니까?"

"안녕하십니까? 옆집에 사는 권혁준입니다."

혁준의 말과 함께 곧바로 철컥 하며 대문이 열렸다.

곧이어 한창희가 급히 현관문을 열고 나왔다.

"권 대표님께서 저희 집엔 어쩐 일이십니까?"

"이사 온 지도 꽤 되었는데 제대로 인사도 못 드린 것 같아서요. 생각난 김에 이사 떡이나 좀 돌리려고요."

혁준이 준비해 온 떡 접시를 내밀자 얼떨결에 그것을 받아든 한창희가 아차 하며 말했다.

"아, 일단 안으로 들어오세요."

예상대로 그들을 자신의 집 안으로 들이는 한창희였다.

"아뇨. 괜히 폐 끼쳐 드리고 싶지 않습⋯⋯."

"폐라뇨. 어차피 권 대표님과는 이번 광고 일로 따로 드릴 말씀도 있고⋯ 아, 거기 기가스의 기술이사 분들이시죠? 저희 집사람과는 인사도 나누고 그러셨다고 들었는데 정작 저와는 거의 초면이나 다름없네요. 아무튼 두 분 기술이사님도 사양 말고 들어오세요."

짐짓 사양하는 척하는 그들을 한창희는 부득불 자신의 집으로 들였다.

그렇게 집 안으로 들어서니 현관문 입구에서 서은정이 그들을 반갑게 맞았다.

"어서 오세요."

"아직 산후 조리 중이실 텐데 괜히 저희가 폐를 끼치는 건 아닌지 모르겠습니다."

"아니에요. 이젠 거의 다 나았어요. 그렇잖아도 저희 바깥양반이 대표님께 도움을 많이 받고 있다고 들어서 일간 정식으로 인사를 드리려던 참이었는데 마침 잘되었네요."

"아닙니다. 도움이야 오히려 제가 받고 있습니다."

그렇게 서은정의 환대까지 받으며 거실로 들어섰다.

거기에 성재가 있었다.

"……."

거실의 한쪽 작고 앙증맞은 요람 안에 그보다 더 작고 앙증맞은 모습으로.

그리고 그들이 한창희 부부의 안내를 받아 요람 옆을 지날 때, 생후 이제 한 달도 안 되어 사물의 인지가 불가능한 상태임에도 불구하고 이 작은 생명체는 그들 하나하나와 똑바로 눈을 맞추며 그들에게 선명히 보이도록 이렇게 입술을 달싹였다.

'이런 슈발! 나 왜 이렇게 된 거야?'

＊   ＊   ＊

자식 자랑을 하면 팔불출이라고들 한다.

그런 면에서 성재의 부모는 제대로 팔불출이었다.

생후 2주 만에 사물을 알아보았다느니 벌써 사람 말귀를

다 알아듣는 것 같다느니 난리도 그런 난리가 아니다.

"글쎄, 저한테 엄마라고 했다니까요? 겨우 생후 3주 만에요. 옹알이가 아니었어요. 진짜 엄마라고 했다니까요."

그런 사실을 말했다가 주위로부터 꽤나 핀잔을 들은 건지 서은정이 두 번 세 번 그렇게 강조했다.

하지만 굳이 그렇게 강조 안 해도 되는 일이다.

물론 모르는 사람들에겐 그런 서은정이 그저 자식 자랑하는 팔불출로 보일 테지만, 혁준 일행은 그게 조금의 거짓도 없는 사실이라는 걸 잘 알고 있다.

열여덟 살이 된 혁준과는 달리 신생아가 되어버린 성재지만 혁준의 전례를 생각해 보면 벌써 사물을 알아보고, 사람 말귀를 알아듣고, 심지어 말문을 텄다고 해서 전혀 이상할 것이 없었다.

이미 신체 능력 자체는 성인의 것 이상일 테니까.

'내가 원 플러스 원이라면 신생아인 성재는 많이 저주넌 원 플러스 점 오 정도?'

단지 지나치게 짧은 팔다리에 이등신 몸매라 그 몸에 적응하는 게 아무래도 그리 쉽지만은 않아 보이지만 말이다.

그나마 다행인 것은 그래도 녀석이 바보 삼형제 중에서는 현실감각이 조금은 나은 편이라서 자신의 능력을 지금까지 잘 감추고 있다는 것이다.

만일 그렇게 감추지 않고 있는 그대로를 다 드러냈다면 그의 부모가 지금처럼 행복한 얼굴로 팔불출 짓을 하고 있지는 못했을 것이다.

상식 안에서 남들보다 뛰어하면 천재 소리를 듣지만 상식 밖으로 남들보다 뛰어나면 괴물 소리를 듣는 게 세상이니까.

아무튼 성재가 신생아가 되었다는 것을 확인한 혁준 일행은 얼마간 그들 부부의 팔불출 행동에 장단을 맞춰준 후 그길로 바로 돌아왔다.

아직 산후 조리 중에 있는 서은정이 살짝 지친 기색을 내보이기도 했지만 무엇보다 아직은 사람들과 접촉하기엔 이른 시기라 판단한 그들 부부가 성재를 서둘러 방으로 데리고 들어갔기 때문이다.

*   *   *

집으로 돌아오자마자 진석과 용운이 호들갑을 떨어댔다.

"쭌이 형님, 성재 보셨죠? 성재도 쭌이 형님처럼 된 거 맞죠? 그러니까 우리도 다시 태어나면 그렇게 되는 거 맞죠?"

"안 돼! 그건 진짜 싫어! 그런 갓난쟁이로는 절대로 돌아가고 싶지 않다고!"

"나도! 나도 진짜 싫어! 더구나 난 이제 7개월도 안 남았어! 7개월 후면 나도 성재처럼 돼버린단 말이야!"

성재를 보기 전까지만 해도 느긋하기만 하던 그들이 막상 성재를 보고 나자 그제야 발등에 불이 떨어진 듯 실감이 확 되는 모양이다.

그중에서도 진석이 특히 더 그랬다.

"이러고 있을 때가 아냐! 타임머신부터 만들어야 해! 그래서 무조건 미래로 돌아가야 해!"

그러고는 바로 타임머신 제작에 몰두했다.

그럴 만도 했다.

그의 말대로 이제 7개월도 안 남았다.

그전에 타임머신을 완성시키지 않으면 영락없이 바보 삼형제 아기 버전 2호가 되어야 할 판이다.

더구나 타임머신을 만들기까지 길어야 석 달이라고 했지만 그때는 성재가 있을 때 얘기다. 가뜩이나 세상사라는 게 예정된 대로만 흘러가지 않는 법인데 거기에 일손 하나가 빠졌으니 길어야 석 달이던 것이 넉 달이 될지 다섯 달이 될지, 아니면 일곱 달을 훌쩍 넘겨 버릴지 아무도 알 수 없었다.

그러니 진석이 타임머신 제작에 죽기 살기로 매달리는 것도 당연했다.

그렇게 그들이 타임머신 제작에 몰두하고 있을 무렵이다.

진석에게 의외의 일이 발생했다.

아니, 발생했었다고 하는 것이 옳은 표현이었다.

*　　　*　　　*

진석에게 발생한 의외의 일을 가장 먼저 접한 것은 혁준이었다

지난번 진석과 용운이의 부모님 일로 의뢰를 넣은 흥신소에서 연락이 온 것이다.

"전에 의뢰하신 이성민, 임지숙 부부 말입니다. 찾았습니다."

수화기 너머에서 들려온 흥신소 직원의 말에 순간 혁준은 눈을 반짝였다.

"그분들을 찾았다고요?"

이성민, 임지숙 부부라면 진석의 부모다.

그리고 보니 의뢰를 넣은 지 벌써 한 달이 넘었다.

용운이의 부모는 사는 곳을 알고 있어서 금방 소식을 들을 수 있었지만 정보가 빈약한 진석의 부모는 그만큼 찾는 데 시간이 오래 걸렸다.

물론 그걸 감안하더라도 생각보다 더 늦었다.

답답한 마음에 '흥신소를 새로 알아봐야 하나?' 하고 고민하고 있던 참이다.

"예, 찾긴 찾았는데… 그런데 그게 고객님께서 의뢰하신 내용과는 좀 다른 게 있어서 말입니다. 변명을 하려는 건 아니지만, 찾는 데 이렇게 시간이 늦어진 것도 사실 그것 때문에 혼선이 빚어져서…….."

"의뢰한 내용과 다른 게 있다뇨?"

"그게… 의뢰하신 내용과는 다르게 이성민, 임지숙 부부가 말입니다. 사실은 부부가 아니었습니다."

"……?"

홍신소 직원의 말에 혁준은 어리둥절할 수밖에 없었다.

"부부가 아니라뇨?"

"이성민 씨는 임지숙 씨가 아니라 오은경이란 분과 결혼을 한 상태입니다. 그리고 임신을 한 건 맞지만 출산 예정일이 10월이 아니라 7월이고요. 임지숙 씨는 서울 상계동에서 살고 계신데 아직 미혼이십니다."

여전히 뭐가 어떻게 된 건지 어리둥절하기만 하다.

진석에게 듣기로는 그의 부모는 중매로 만나서 두 달 만에 결혼, 허니문 베이비로 자신을 가졌다고 했다.

그런데 진석의 아버지가 다른 사람과 결혼했다니?

그것도 출산 예정일이 진석의 생일인 10월이 아니라 7월이라니?

"좀 자세하게 말씀해 주시겠습니까?"

"그렇잖아도 궁금해하실 거 같아서 따로 조사를 했습니다. 혹시 한진테크라고 아십니까?"

"한진테크요?"

난데없이 이 대목에서 웬 한진테크란 말인가?

"예, 거의 망했다가 갑자기 기사회생해서 작년에만 수천억 매출을 달성한 벤처 기업이거든요."

말 안 해줘도 한진테크에 대해서는 누구보다 혁준이 더 잘 알고 있다.

"그래서요?"

"이성민 씨가 그 한진테크의 지분을 소액 가지고 있었던 모양입니다. 그런데 거의 휴지 조각이 되다시피 해서 포기하고 있던 것이 하루아침에 대박이 터진 거죠. 그래서 회사 사람들에게 한턱 거하게 쐈는데… 그 와중에 어찌어찌하다 회사 여직원과 같이 밤을 보냈답니다. 거 왜 그런 거 있잖습니까? '술김에', '술이 웬수지' 뭐 그런 거요. 거기다 그날 바로 임신까지 덜컥 해버렸다고 하니… 대강 어떤 사연인지 아시겠죠?"

"그러니까 그 여직원이 바로 오은경 씨라는 말씀입니까? 그때 가진 아이의 예정일이 7월인 거고?"

"그렇죠."

혁준은 순간 벙찐 표정을 할 수밖에 없었다.

그러니까 그 말인즉슨 혁준이 한진테크를 살린 것 때문에 진석의 부모가 결혼을 못했다는 것이다.

뭐 이런 황당한 경우가 다 있나 싶다.

그런 한편으로,

'가만, 그럼 진석이는?'

지금쯤이면 임지숙의 뱃속에 있어야 할 진석이 그 바람에 아예 생겨나지도 못했다.

존재 자체가 사라진 셈이다.

'존재 자체가 사라졌는데 왜 지금 진석이는 그대로인 거지?'

한번 생겨난 존재는 과거가 좀 틀어졌다고 해도 그 존재 자체가 소멸되지는 않는다는 것일까?

'그나마 다행한 일이긴 하지만…….'

만일 진석의 아버지가 다른 여자와 결혼을 한 순간 진석이 사라져 버리기라도 했다면?

생각만으로도 등줄기에 식은땀이 흘렀다.

정말이지 그에게 씻지 못할 죄를 지을 뻔했다.

물론 이미 진석을 고아 아닌 고아로 만들어 버린 것만으로도 충분히 큰 죄를 지은 것이긴 하지만 말이다.

'그래도 뭐, 내가 일부러 그런 것도 아니고 어디까지나 불가항력적으로 일어난 일인데, 뭐.'

엄밀히 따지면 이 모든 건 다 진석의 아버지가 아랫도리 관리를 제대로 못한 탓이다.

'그러게 왜 자기 씨를 아무 데나 함부로 뿌리고 다니느냔 말이지.'

그나저나 난감하다.

'이제 어쩌지?'

이 사실을 과연 진석에게 말을 해줘야 할지 말아야 할지 고민이다.

어차피 되돌릴 수 있는 일도 아니고, 알아봐야 좋을 것도 없는 일이다. 차라리 모르는 채로 사는 편이 나을 수도 있었다.

하지만 조금 더 깊게 생각해 보니 진석이 반드시 알아야 하는 이유 하나가 있었다.

타임머신이 완성되어 미래로 돌아갔을 때, 지금의 변화를 미래에서 마주하게 된다면 그 혼란은 과학밖에 모르는 진석이 감당할 수 있는 수준이 아닐 것이다.

그리해 혁준은 진석을 불러 앉혔다.

하지만 막상 말을 꺼내려니 참 난감했다.

"할 말 있으시다면서요? 무슨 말인데요?"

답답한지 진석이 물었다.

"음, 그게 말이다. 그게 뭐냐 하면……."

"아, 자꾸 뭘 그렇게 뜸을 들여요? 얼른 말씀하시라니까요. 저 지금 무지무지 바빠요. 가뜩이나 타임머신 만드는 게 만만한 일이 아닌데 성재 없이 용운이랑 둘이서만 작업하려니까 진짜진짜 일이 많아요. 그러니까 어서 말씀하세요. 무슨 일인데요?"

"그러니까 그게 말이다. 미래에⋯ 너 없다."

"⋯⋯?"

"네 부모도 없고. 아니, 부모님이 살아 계시기는 하지만 네 부모님은 아닌 거지."

혁준의 말을 전혀 이해 못 하는 진석이다.

이해는커녕 이게 대체 무슨 귀신 씻나락 까먹는 소리냐는 표정이다.

그래서 이번에는 진석이 이해할 수 있도록 그간의 사정을 상세하게 말해줬다.

*　　　*　　　*

혁준의 설명을 듣고 난 진석의 반응은 혁준이 생각한 것보다도 더 심각했다.

"그러니까 뭐예요? 쭌이 형님 말씀은 우리 엄마 아빠가 더 이상 우리 엄마 아빠가 아니게 됐다는 거예요? 그러니 이제 만나러 가면 안 된단 말이에요? 미래로 돌아가도 엄마 아빠는 절 알아보지도 못할 거라는 거예요?"

혁준의 얘기를 듣고 있던 진석이 그때부턴 아예 엉엉 울기 시작했다.

하긴, 이런 상황이라면 혁준이라고 해도 울고 싶어질 것이다.

과학밖에 모르는 이 순진하고 순수한 영혼이 이런 암담한 상황을 태연히 감당해 낼 수 있을 리가 없었다.

그렇다고 해도 진석의 좌절 모드는 생각보다도 더 오래갔다.

좀처럼 충격에서 헤어나질 못하고 있다.

몇날 며칠을 식음을 전폐하다시피 하며 죽은 듯 자신의 방에 틀어박혀 있었다.

똑같은 입장이 되어보지 않는 한 제3자가 그 심정을 완벽히 공감할 수는 없는 일이기에 혁준과 용운은 그저 지켜보고만 있을 수밖에 없었다.

그렇게 정확히 일주일이 지났을 때다.

마침내 진석이 자신의 방에서 나왔다.

그런 진석은 뭔가 생각의 정리를 마친 듯 어떤 결심을 한 결연한 눈빛을 하고 있었다.

"저, 지금은 미래로 안 갈래요."

"......?"

"어차피 가봤자 저란 존재는 없을 거잖아요. 그럼 또 처음 여기에 왔을 때처럼 신분증도 없이 거지 신세가 되어야 할지도 모르는데 내가 거길 왜 가요?"

사실 혁준이 그의 부모님 얘기를 진석에게 해줄 수밖에 없던 것도 바로 그 같은 이유 때문이다.

모든 것이 어긋나 버리면서 진석의 존재는 이미 사라진 상태이다. 당연히 미래에도 그가 살던 흔적이나 기록 같은 건 아무것도 남아 있지 않을 것이다.

이대로 미래로 돌아가 봐야 거기에는 그가 있을 곳이 없었다.

그런데도 이대로 돌아간다면 그의 말대로 예전처럼 거지 꼴이 되어 세상으로부터 혹독한 매질을 당하게 될 것이다.

"그럼 여기에 계속 남을 거냐?"

"아직은 몰라요. 그치만……."

"그치만?"

"일단 타임머신부터 완성할 거예요. 타임머신이 완성되면……."

"완성되면?"

"미래가 아니라 과거로 갈 거예요."

"과거?"

"울 아빠랑 울 엄마랑 운명이 틀어지게 된 게 한진테크가 살아난 때문이잖아요. 그러니까 일단 그때로 돌아가서 아빠가 다른 여자랑 술김에 그런 짓 안 하게 어떻게든 막아볼 거예요."

"음……."

과연 한번 틀어진 운명이 그렇게 한다고 해서 다시 바로잡힐까 하는 생각이 언뜻 머릿속을 스쳤지만 차마 그 말은 할 수가 없었다.

그러기에는 진석의 눈빛이 너무나 결연했다.

그날부터 진석과 용운은 타임머신 제작에 한층 더 박차를 가했다.

그로부터 정확히 12일 만이다.

드디어 타임머신이 완성되었다.

그리고 드디어 그날이 왔다.

헤어짐의 순간, 모든 준비를 마친 진석이 타임머신에 몸을 구겨 넣었다.

그리고 혁준에게 말했다.

"과거로 가면 과거의 쭌이 형님이랑도 만날 테니까 과거의 쭌이 형님한테 쭌이 형님 안부도 전해드릴게요. 그리고 용운아."

진석이 이번엔 용운이를 보았다.

"너 먼저 미래로 가 있어. 난 울 엄마 아빠가 원상태로 되돌아가면 그때 갈 테니까. 만일 내가 안 돌아오면 그냥 여기서 계속 살기로 한 거니까 그렇게 알고 있어."

어딘지 비장하기까지 한 진석이다.

절로 코끝이 찡해지고 울컥 목이 메어오는 세 사람이다.

"마지막으로 성재랑도 인사를 하고 싶었는데……."

하필이면 성재의 어머니 서은정이 성재를 데리고 친정으로 가는 바람에 마지막 인사를 나누지 못했다.

그것이 못내 마음에 걸렸지만 그것도 잠시, 한층 더 결연해진 눈빛을 혁준과 용운에게 보낸 진석이가,

"그럼 나 갈게요. 용운아, 그리고 쥰이 형님. 언젠가… 꼭… 또 봐요."

드디어 진석이가 스타트 버튼을 눌렀다.

이윽고 혁준이 경험한 것처럼 붉은색 빛줄기가 진석을 스캔하더니 곧 파란색 빛줄기가 진석을 감쌌다. 그리고 진석의 몸이 모래알처럼 부서지기 시작하더니 이내 번쩍하는 불빛과 함께 그들의 눈앞에서 사라졌다.

*　　　*　　　*

"……."

"……."

"간 거지?"

"예, 아마도 간 것 같아요."

"그럼 정말 타임머신이 성공한 거야?"

"그런 거 같은데요."

성공했다.

타임머신이.

성공할 거란 예상도 했고 분명 눈으로 확인도 했지만 막상 이렇게 현실로 마주하고 보니 도무지 얼떨떨하기만 한 혁준 이다.

그리고 슬펐다.

자기도 모르는 사이 정말 정이 많이 들었나 보다.

눈시울이 뜨거워지더니 또르르 한 줄기 투명한 눈물이 뺨 을 타고 흐른다.

"으엉엉엉! 진석아!"

용운은 아예 대성통곡했다.

그런데 그로부터 5분쯤 지났을 때다.

돌연 현관문이 거칠게 열리더니 동시에 난데없이 역하고 구리텁텁한 냄새가 진동했다.

두 사람은 무슨 영문인지를 몰라 급히 현관 쪽으로 눈을 돌렸다.

"……?"

"……!"

그런데 어쩐 일인지 거기에는 방금 전 시간여행을 떠난 진석이 서 있었다.

완전히 시궁창에 빠진 생쥐 꼴로 오만상을 하고 완전 어이 없다는 표정으로.

"아, 놔! 이런 슈발! 이거 타임머신 아니잖아? 이거 그냥 양자이동장치야!"

제14장
잠자는 사자의 코털을
건드리지 마라

"그러니까 이게 타임머신이 아니라 양자이동장치라고?"

"그렇다니까요. 완전 재수 똥 밟았지. 왜 하필이면 이동한 데가 시궁창이냐고요!"

샤워를 마치고 나온 진석이 다시 생각해도 끔찍하다는 듯 진저리를 쳤다. 거실 안에는 아직도 시궁창 냄새가 진동하고 있어 당시의 황당하고 더러운 기억이 혁준과 용운에게도 고스란히 전해지고 있었다.

"근데 왜 타임머신이 아니라 양자이동장치가 된 거야? 전 거랑 똑같이 만들었다며?"

"그야 처음부터 그게 타임머신이 아니라 양자이동장치였던 거죠. 그러니까 우리가 제대로 만들었던 거예요. 양자이동장치."

"그럼 우리가 다 같이 타임 슬립을 했던 건 뭐야?"

"그때 당시에 어떤 다른 요인이 작용한 거겠죠."

"다른 요인이 뭔데?"

"모르죠."

"……."

"그래도 단서가 아주 없는 건 아니에요."

"단서?"

"쥰이 형님 스마트폰이요."

"……."

"그 스마트폰이 왜 미래와 연결되어 있는 건지 그것만 파악하면 시간 이동의 단서를 찾을 수 있을지도 몰라요. 그 단서만 찾으면 이걸 다시 타임머신으로 바꿀 수도 있을 테고요. 그러니까 이참에 한번 뜯어서 확인해 봐요. 네?"

진석이 눈을 초롱초롱 빛내며 혁준을 보았다.

옆의 용운은 아예 입맛까지 다시고 있다.

"……."

새삼 느꼈다.

이놈들에게 스마트폰은 고양이 앞의 생선이라는 것을.

"니들 말이야."

혁준이 그런 그들을 보며 다짐을 받듯 말했다.

"다시 한 번 분명히 말하지만 스마트폰은 절대로 안 줄 테니까, 하늘이 두 쪽 나도 그런 일은 없을 테니까 애초에 포기들 해. 그리고 혹시라도, 내가 니들 손에 맡기는 일은 물론 없겠지만 그래도 백만 분의 일, 천만 분의 일이라도 니들 손에 내 폰을 맡기게 되더라도 분해니 뭐니 그딴 짓을 했다가는 니들이랑 나랑은 그날로 끝이야. 알아들었어?"

혁준의 기세가 워낙에 살기등등해서 진석과 용운이 비 맞은 강아지 눈을 하고는 혁준의 눈치를 살폈다.

하지만 혁준은 비 맞은 강아지 눈 저편에 여전히 남아 있는 스마트폰에 대한 탐욕과 미련을 놓치지 않았다.

'어휴, 이것들을 상대로 내가 말해 뭐하겠어? 말이 통할 놈들이 아닌데.'

그저 자신이 조심하고 또 조심하는 수밖에 없었다.

'그나저나 이게 정말 양자이동장치란 말이지?'

녀석들이야 타임머신이 아닌 것을 그저 아쉬워하고 있지만 다시 생각해 보면 양자이동장치 또한 그야말로 말도 안 되게 사기적인 발명품이었다.

이런 게 세상에 나오면 정말 세상이 다 발칵 뒤집어질 것이 뻔했다.

"근데 이 양자이동장치라는 거, 아무거나 다 이동이 되는 거야?"

"당근이죠. 물질이라고 할 수 있는 건 뭐든 다 돼요."

"한계 거리는?"

"없어요. 양자이동 자체는 이미 1997년에 성공했고, 그때 첫 성공을 거둔 게 100m였어요. 그 후로 비약적으로 발전해서 2012년엔 143㎞까지 늘렸고, 그 후엔 다시 그 세 배가 넘는 450㎞까지 성공했죠. 물론 사람은 아니에요. 사람은 무려 10의 28승 개나 되는 원자로 이루어져 있거든요. 쉽게 말해서 몸무게 50㎏짜리 한 사람을 전송하는 데 걸리는 시간이 자그마치 1억 5천 년이 소요된다는 거죠. 그렇지만 그건 어디까지나 제2의 뉴트리노가 발견되기 전의 얘기예요. 쭌이 형님도 보셨다시피 1억 5천 년이나 걸리는 걸 단 몇 초 단위로 줄인 게 제2의 뉴트리노예요. 그건 거리도 마찬가지로 적용이 되구요. 그러니까 한계는 있지만 적어도 이 지구상에서는 그 한계를 신경 쓸 필요는 없다는 거죠. 아니, 지구상에서 10㎞를 양자 이동시키는 데 필요한 에너지면 우주에서는 수천 ㎞는 거뜬히 이동시킬 수 있으니까 마음만 먹으면 은하계도 접수할 수 있다 이 말인 거죠."

"그럼 지금 당장 달에라도 갈 수 있다는 거야?"

"당연하죠. 대신 그전에 우주복도 챙겨야 하고 다시 지구

로 돌아올 때 필요한 여분의 양자이동장치를 미리 달로 보내
야 할 테지만요."

이건 마치 진짜로 우주 정복이라도 가능할 것처럼 말한다.

너무 허황돼서 선뜻 와 닿지는 않는데 또 그걸 마냥 부정할
수도 없었다.

어쨌거나 이 양자이동장치의 쓰임이 무궁무진하다는 건
확실했다.

간단히는 최고의 이동 수단이 될 수도 있고 개인 위성도 띄
울 수가 있다. 아주 작정하고 나쁜 마음을 먹으면 완전범죄의
최고 살상 무기 또한 될 수 있었다. 폭탄 같은 걸 만들어서 원
하는 위치에 이동시켜 버리면 그만이니까. 그리고…….

'여탕에도 들어갈 수가 있겠지.'

바보 삼형제가 이 양자이동장치를 만든 가장 궁극적인 목
적이 바로 그거였으니까.

"니들 이거 타고 또 여탕이나 들어갈 생각하면 아주 돼진
다!"

아니나 다를까, 마침 딱 그 생각을 하고 있던 모양인지 순
간 녀석들의 얼굴이 당황으로 가득 찼다.

"아, 아니에요. 무슨……."

"여탕 같은 거 관심 없어요. 우리가 뭐 초딩인가요?"

이미 그 얼굴들만으로도 충분히 관심 있어 보인다.

그런 그들의 얼굴을 보자니 다시 골치가 지끈거려 왔다.

양자이동장치가 생긴 것까지는 좋은데 이게 또 세상에 나오면 안 될 물건인지라 과연 이 바보들을 어떻게 입단속을 할지, 또 어떻게 애먼 짓을 못하도록 관리를 해야 할지 앞으로가 막막했다.

그러다 문득 생각나서 진석에게 물었다.

"근데 넌 좀 괜찮냐?"

"예? 뭐가요?"

"네 부모님 일 말이야. 과거로 돌아갈 수 없게 돼서 부모님들을 원래 상태로 못 돌려놓게 됐잖아. 진석이 너도 태어나지 않게 된 거고."

"아, 그거요?"

'아, 그거요라니?'

며칠 전까지만 해도 그렇게 울고불고 좌절 모드에 빠져 있더니 완전히 까마득히 잊고 있었다는 태도다.

"뭐, 어쩔 수 없잖아요. 이제 제가 어떻게 할 수 있는 일도 아니고. 생각해 보니 엄마한텐 그편이 낫겠더라고요. 울 아빠 바람기 때문에 맨날 맘고생만 하셨으니까 이제라도 좋은 사람 만나서 행복하게 사시는 것도 뭐… 게다가 타임머신이 타임머신이 아니라는 게 밝혀진 마당에 엄마 아빠가 정상적으로 결혼을 하셨으면 나도 곧 성재처럼 아기가 됐을 텐데, 그것보다는 차라리 이렇게 된 편이 낫잖아요? 안 그래요?"

심지어 쿨하기까지 하다.

하지만 말은 그렇게 했지만 그 후로 가끔씩 어머니 임지숙을 먼발치서나마 보고 오는 것을 보면, 또 그럴 때마다 녀석의 방에서 밤새 훌쩍이는 소리가 들리는 것을 보면 역시 쉽게 떨칠 수 있는 아픔은 아닌 모양이다.

"아무튼 진짜 문제는 제가 아니라 용운이에요."

"내가 뭐?"

"네 부모님은 아무 이상 없이 잘살고 계시다며? 그럼 너도 내년이면 성재처럼 될 거 아냐?"

"아……."

그러고 보니 아직 해결하지 못한 중요한 문제가 하나 더 남아 있었다.

타임머신이 타임머신이 아니란 것이 밝혀지면서 용운 역시도 신생아 용운과 퓨전이 될 수밖에 없었다.

양자이동장치에 정신이 팔려서 혁준은 물론이고 당사자인 용운이조차도 그 중요한 문제를 까마득히 잊어먹고 있었다.

혁준이 급히 용운이에게 물었다.

"너 생일이 언제라고 했지?"

"2월 26일요."

2월 26일이면 열 달 하고 조금 더 남은 셈이다.

그렇다는 것은 용운의 부모가 아직 용운을 임신하지 않았다는 뜻이다.

"막자."

"예? 막아요? 그럼 우리 부모님도 진석이 부모님처럼 헤어지게 하자는 거예요? 안 돼요! 저도 성재처럼 되는 건 싫지만 그래도 이혼은 안 돼요!"

"맞아요! 아무리 그래도 이혼은 안 돼요! 불행은 나 하나로 충분해요!"

용운이 울상을 짓자 조금 전까진 쿨하기만 하던 진석이 괜히 같이 울컥해져서는 악을 써댔다.

혁준이 그런 둘을 보며 한심하다는 듯 말했다.

"오바들 하지 말고. 내가 언제 이혼시키자고 했어?"

"그럼요?"

"앞으로 두 달 정도만 두 사람을 떨어뜨려 놓으면 될 거 아냐. 잠자리 같이 못 하게. 그럼 나중에 애기가 생겨도 그게 용운이는 아닐 거잖아? 임신 날짜만 달라져도 완벽히 동일한 입자라곤 할 수 없을 테니까."

"그렇죠. 그건 용운이가 아니라 용운이 동생이죠."

"진석일 보니까 이미 존재하고 있는 상태에서는 과거가 좀 틀어져도 존재 자체가 사라지는 일은 없는 것 같고. 딱 두 달만 떨어뜨려 놓자. 그럼 안전할 거야."

"근데 어떻게요?"

"무슨 방법으로 두 분을 떨어뜨려 놔요?"

"어떻게 하긴, 돈지랄을 해야지. 세상에 돈지랄로 안 되는 게 어딨어?"

"……."

"……."

"용운이 너, 부모님이 무슨 일 하신다고 했지?"

용운의 부모는 연신내에서 족발집을 하고 있었다. 그것도 무려 50년 전통의 원조 족발집이었다. 혁준은 궁리 끝에 용운의 부모를 찾아가 이렇게 말했다.

"제가 이번에 대규모 봉사단을 꾸려서 전국의 오지마을을 찾아다니며 힘들게 사시는 분들을 위해 봉사활동을 할 생각입니다. 그 일환으로 그분들께 족발을 무상으로 제공할 계획인데 그 일에 같이 동참해 주지 않으시겠습니까? 물론 그에 상응하는 대가는 충분히 보상해 드리겠습니다."

그건 그렇게라도 용운이 그의 부모님과 마지막으로 함께할 수 있는 시간을 주기 위한 혁준 나름의 배려였다.

어차피 가게는 용운이의 할머니가 맡아 하시면 되었다.

보람도 있고 보상도 충분하다고 하는데 마다할 이유가 없었다.

용운이의 부모는 크게 고민하지 않고 선뜻 혁준의 제안에 응했고, 그길로 혁준이 꾸린 봉사단에 합류해 함께 두 달간의 여정을 시작했다.

아직 젊은 부부다 보니 혹시 모를 불상사가 있을지도 몰라 남자와 여자의 숙소를 철저하게 분리시켰다. 그것으로도 안심할 수가 없어서 미리 고용해 놓은 감시자들을 시켜 그들에게서 한시도 눈을 떼지 않게 했다.

그리해 여정은 무사히 끝이 났다.

물론 용운의 부모는 용운을 임신하지 않았다.

다만 두 달간 참고 있던 욕정을 돌아온 그날로 몽땅 다 풀어댄 바람에 돌아온 그날 바로 용운이의 동생을 임신했지만 말이다.

어쨌든 혁준에게 들이닥친 한바탕의 베이비 붐은 그렇게 일단락이 되었다. 결과적으로 혁준이 돌봐야 하는 아기는 성재 하나로 마무리가 된 것이다.

그 대가로 양자이동장치를 얻었으니 혁준으로서는 꽤나 수지맞은 장사인 셈이다.

물론 만일 셋 모두 아기 버전이 되었다면 과연 어땠을까를 생각하면 양자이동장치고 뭐고 간에 아주 진저리가 쳐지지만 말이다.

그러던 어느 날이다.

그동안 정신없이 펼쳐진 기괴한 사건의 연속으로 정말 하루하루 전쟁을 치르는 것 같던 혁준의 일상이 모처럼 평온을 찾았을 무렵이다.

용운은 한결같이 밝았고 진석도 많이 안정되었다. 아기로 변한 성재 부모님과도 그사이 많이 친해져서 이젠 수시로 성재를 만날 수도 있었다.

기가스 테크놀로지도 차유경의 헌신 덕분에 무리 없이 기업으로서의 형태를 차곡차곡 갖추어가고 있었다.

요 며칠 용운과 진석이 뭔가 작당 모의라도 하는 듯 왠지 자신의 눈치를 지나치게 살피는 것이 좀 꺼림칙하긴 했지만,

'또 뭔가 괴상한 걸 만들려나 보군.'

그렇게 대수롭지 않게 생각하고 신경 쓰지 않았다.

그날도 그렇게 모처럼 찾아든 평온을 만끽하며 편히 잠에 빠져 있었다.

그런데 문득 잠결에 뭔가 부스럭거리는 게 느껴졌다.

"……?"

무슨 일인가 싶어 눈을 떴다.

사방이 한 치 앞도 보이지 않을 만큼 어두웠지만 혁준의 눈에는 방 안 내부가 훤히 다 보였다. 그런 혁준의 시야에 자신의 방 안을 뒤적이고 있는 그림자 두 개가 들어왔다.

'도둑?

처음엔 도둑인가 싶었다.

하지만 그 실루엣이 어딘지 낯이 익었다.

게다가,

"여기 어딘가에 있을 거야. 양자이동장치를 타임머신으로 만들 수 있는 방법은 분명 스마트폰 안에 있어. 틀림없어."

"응, 맞아. 왜 그게 기체는 여기에 있으면서 미래와 통하고 있는 건지 그 이유만 알아내면 분명 시간여행의 비밀이 풀릴 거야. 그렇게만 되면 진석이 너도 과거로 가서 부모님을 되찾을 수 있을 테고."

"아냐. 난 괜찮아, 이젠. 그냥 궁금해. 시간여행이 과학적으로 해명될 수 있는 건지, 아니면 우리한테 일어난 일이 그저 초자연적인 현상일 뿐인 건지. 그것 때문에 요즘은 궁금해서 잠도 잘 안 온다니까."

"나도. 난 밥맛도 없어."

"그래, 맞아. 쭌이 형님한테 맞아 죽을 땐 죽더라도 반드시 뜯어보고 말 거야. 안 그러면 쭌이 형님한테 맞아 죽기 전에 내가 먼저 궁금해서 죽어버릴 것 같아."

"미투, 미투."

"난 일단 쭌이 형님이 자주 입는 옷부터 찾아볼 테니까 넌 쭌이 형님 책상이랑 가방 좀 뒤져 봐."

"……."

굳이 얼굴을 확인할 필요도 없었다.

진석이와 용운이다.

왜 왔는지도 굳이 물을 필요가 없다.

스마트폰을 훔치러 온 것이다.

다만 궁금한 것은 이 녀석들이 여기까지 어떻게 들어왔냐는 것이다.

현관 열쇠야 그렇다 쳐도 혁준의 집은 현관 자체가 낡고 녹이 슬어 있어 열릴 때마다 제법 거슬리는 소리를 냈다. 아무리 깊이 잠들었다고 해도 그가 그 소리를 듣지 못했을 리가 없었다.

이유는 금방 알아차렸다.

'양자이동장치로군.'

양자이동장치로 여기까지 워프를 해온 게 틀림없었다.

어처구니가 없다.

"야, 이놈들아! 양자이동장치만 있으면 우주 정복도 가능하다며? 근데 그런 걸로 기껏 한다는 짓이 도둑질이냐?"

하도 어처구니가 없어서 그렇게 소리를 지르자 순간, 혁준을 보며 얼음처럼 굳어지는 진석과 용운이다.

하지만 그것도 잠시,

"헉! 드, 들켰다! 튀어!"

양자이동장치로 소리 소문 없이 들어온 그들이지만 나갈 때는 그야말로 우당탕탕 난리도 아니다.

이리 채이고 저리 채이고, 넘어지고 구르고 아주 생쇼를 해 댄다.

너무나도 바보 형제다운 그들의 어설픈 모습에 이젠 화도 안 난다.

"하아……."

나오는 건 그저 한숨뿐이다.

세상의 때가 묻지 않은 저 순수한 바보들을 어떻게 해야 할까?

'그냥 확 타락이라도 시켜 버릴까?'

세상 때 좀 묻히면 적어도 스마트폰이 귀한 줄은 알 테니까 말이다.

*　　*　　*

"이거 안전한 거죠?"

"물론입니다. 이 정도면 대도 조세형이 와도 못 텁니다."

혁준은 금고 기술자의 말에 한숨을 푹 내쉬었다.

대도 조세형이라면 못 털지 몰라도 바보 형제라면 안심할 수가 없다는 게 문제다.

그래도 최소한의 보호 장치 정도는 해둬야겠기에 요즘 제일 안전하다는 금고를 꽤 거액을 들여 샀다. 그리고 바보 형제가 살고 있는 집 지하에도 커다란 은행용 금고를 만들어 양자이동장치를 그 안에 보관했다.

전날 혁준의 방을 몰래 침입한 전례가 있어 혁준의 그 같은 결정에 찍소리도 하지 못했다.

아무튼 그렇게 바보 형제로부터 스마트폰과 양자이동장치에 안전장치를 마련하자 혁준은 그제야 좀 안심이 됐다.

그 후로는 특별한 일 없이 시간이 흘렀다.

그렇게 8월이 되었다.

그 해의 8월은 혁준에게 크게 두 가지 사건이 있었다.

하나는 심사 기간이 끝나고 한진테크가 드디어 정식으로 증권거래소에 상장되었다는 것이다. 한진테크 주식은 공모가부터가 매일 이슈가 될 정도로 높은 액수에 책정되었는데 상장이 되자마자 단숨에 첫날 거래 상한가인 100퍼센트를 달성해서 주가가 공모가의 두 배에서 시작되는 대박 행진을 이어갔다.

그건 모두가 예상한 것보다도 더 폭발적인 반응이었다. 증권가 최고의 히트 상품으로 연일 화제가 된 것은 물론이고 그에 따라 혁준의 지분 가치도 상상 이상으로 높아졌다.

그리고 다른 사건은 다름 아닌 대입수능이었다.

제1회 대학수학능력시험.

1, 2차로 나눠서 치러지는 대학수학능력시험 중 1차 시험이 바로 이틀 앞으로 다가온 것이다.

1차 수능을 이틀 앞에 둔 혁준은 자신의 방에 팔짱을 끼고 앉아 심각한 표정을 하고 있었다.

그의 눈동자에는 깊은 고민과 갈등이 시시때때로 교차하고 있었다.

그렇게 고민과 갈등으로 혁준이 보고 있는 것은 스마트폰이었다.

아니, 정확히는 스마트폰 속에 펼쳐 놓은 어떤 카페의 게시판이었다.

그 게시판 제목에는 이렇게 적혀 있었다.

[93년도 수능 기출문제]

＊　　　＊　　　＊

수능 D—2.

"이틀 앞으로 다가온 제1차 대학수학능력시험은 예비고사, 학력고사 등 이전의 국가 관리 시험에서 볼 수 없던 삼엄한 감독 속에서 치러집니다. 교육부가 지난 10일 공개한 부정 방지책에 따르면 전국 51개 시험지구 1만 8천 6백 53개 고사장에 두 명씩 투입될 중, 고교 교사 3만 7천여 명 외에 1천 8백 74명의 감독 교사들이 고사장 옆 복도에서 제2의 감시 역을 맡아 부정행위를 적발하게 됩니다. 교육부는 이번 시험에 관리 인력으로 동원되는 인원은 총 5만 5천 8백 46명으로 이들은 5지선다형의 객관식 문제만 출제되는 이 시험에서 우려되는 부정행위를 막기 위해 빈틈없는 시험 감독을 하게 될 것이라고 설명했습니다."

"이번 시험은 그동안 실시된 실험 평가 가운데 비교적 완성도와 변별력이 나은 것으로 평가받은 5~7차 평가와 비슷한 유형으로 출제될 전망입니다. 또 교육평가원이 이 문제들을 예시 문항으로 삼아 마련한 자료를 출제 교수들에게 제공한 상태이므로 이런 실험 평가 문제를 되풀이해 풀어봄으로써 유형을 익혀 나가는 게 효과적인 대비책이 될 수 있습니다. 하지만 대학수학능력시험이 이틀 앞으로 다가온 만큼 이제는 학습 내용을 차분히 정리하며 6시간 이상 숙면을 취해 시험 당일의 컨디션을 잘 유지하는 것이 바람직할 것입니다."

뉴스만 틀면 온통 수능 얘기뿐이다.

입시제도가 바뀌고 처음으로 치러지는 대학수학능력시험

이라서 그런지 매스컴이다 뭐다 유독 더 시끄럽게 떠들어대는 것 같다.

'근데… 집안 분위기가 왜 이래?'

TV 볼륨 소리가 그렇게 작은 것이 아닌데도 거실 안은 묘한 적막감에 휩싸여 있었다.

그 적막감 속에 면면히 흐르는 긴장과 조심스러움이 불편했다.

"그만들 좀 하시죠?"

유난히 일찍 퇴근해서 돌아온 아버지와 광주에서 올라와 느긋하게 방학을 즐기고 있는 수진이가 혁준의 말에 움찔한다.

"뭐… 를 말이냐?"

"내가 뭐 어디 죽으러 가는 것도 아닌데 왜 그렇게들 내 눈치를 보냐구요. 숨은 쉬고들 계신 거예요?"

혁준의 핀잔에 수진이가 삐죽 입술을 내밀었다.

"고3 수험생을 둔 가족이 다 그렇지 뭐. 더구나……."

말을 꺼내다 말고 다시 혁준의 눈치를 보는 수진이다.

"더구나 뭐?"

"아, 아냐."

"아니긴 뭐가 아냐? 뭔데? 별로 듣기 안 좋은 말이래도 시험 보는 덴 전혀 지장 없거든? 나 멘탈 그렇게 안 약하거든?

오히려 말 꺼내다 말면 그게 더 신경 쓰이거든?"

혁준이 그렇게 말하자 그제야 혁준의 눈치를 살피며 입을 연다.

"아니, 뭐, 그냥… 작년부터 오빠 성적 많이 떨어졌잖아. 맨날 주식 같은 거에만 신경 쓰고. 내신도 많이 떨어지고. 어차피 in서울은 기대도 안 하지만 그래도 4년제 대학은 가야할 거 아냐? 오빠 내신으론 이번 수능 망치면 4년제도 간당간당할 텐데 우리가 어떻게 오빠 눈치를 안 봐? 아빠도 말은 안 하시지만 무지 걱정하고 계시단 말이야. 엄마도 어제 전화해서 걱정 많이 하셨고."

수진이의 말에 혁준이 홍석을 보았다.

무심한 듯 TV로 눈을 돌리고 있었지만 그 얼굴은 불안으로 경직되어 있었다.

그동안 성적이 떨어지고 있는데도 별 말씀이 없던 것은 걱정을 안 해서가 아니라 그만큼 혁준을 믿어준 것이었다.

그 믿음이 무겁다.

'대학은 가야 하려나……?'

사실 아직 고민 중이었다.

대학이란 곳이 안정된 미래 설계를 위한 필수 코스라면 그에겐 이미 충분히 안정된 미래가 설계되어 있었다.

대학 명패가 인생에 있어 중요한 명함이 된다지만 그것은 그가 가진 돈에 비할 바도 아니었다.

군이 대학에 갈 필요가 없었다.

아니, 오히려 시간 낭비였다.

그 시간을 사업에 투자하면 아예 대학 하나를 사고도 남을 것이다.

그럼에도 고민하고 망설이는 것은 역시 가족들의 걱정과 기대를 외면할 수가 없기 때문이다.

그리고 군대 문제도 걸렸다.

아직 군대를 해결할 마땅한 방법을 찾지 못한 상황, 좀 느긋하게 버티려면 대학에 가는 것이 가장 간단한 방법이긴 했다.

하지만 썩 내키진 않는다.

역시 시간이 아깝다.

'뭐, 대학이야 차차 생각하면 되고, 문제는 수능인데…….'

이걸 과연 몇 점을 받아야 할까?

이미 기출문제는 다 뽑아놓았다.

마음만 먹으면 만점도 가능했다.

'내신 성적이 엉망이라 만일을 위해서라도 웬만큼은 점수를 받아놓긴 해야 할 텐데…….'

대학을 안 가게 되면 상관없지만 혹시 가게 되는 경우를 대비해야 했다.

'그냥 콱 만점을 받아버릴까?'

마음이 확 땡긴다.

하지만 이내 고개를 저었다.

'아서라. 가뜩이나 첫 수능이라 시끌벅적한데 첫 수능에 첫 만점자면 신문이다 TV다 다 달려들 거 아냐? 그 피곤함을 어쩌려고?'

아직은 세상의 주목을 받는 것이 그다지 내키지 않는다.

더구나 고작 수능 정도로.

하지만 그러면서도 한 번 세상을 놀라게 해버리고 싶은 욕구가 들끓는다.

감정과 이성의 괴리.

이럴 때면 열아홉 살의 자아와 사십여 년의 기억이 결코 하나가 아님을 새삼 깨닫게 된다.

*　　　*　　　*

수능 D—1.

혁준은 간편한 차림으로 집을 나섰다.

그가 향하는 곳은 학교였다.

수능을 하루 앞두고 수험표 확인 및 인원 체크 등 최종 점검을 위한 소집이었다.

오늘은 차유경도, 차도 없이 걸어서 갔다.

그도 그럴 것이, 전쟁터로 향할 선배들의 응원을 위해 학교 앞 전방 200m부터 후배들이 각종 떡과 엿, 응원 플래카드를 들고 도열해 있었기 때문이다.

시끌벅적했다.

특히 동아리 후배들은 동아리 선배가 나타나면 교가를 부르고 응원구호를 외치고 떡에 엿에 꽃다발까지 안겨준다.

동아리도, 친하게 지내는 후배도 없는 혁준에겐 그 모든 게 남의 일이다.

200m나 되는 도열 길이 그저 불편할 뿐이다.

그렇게 불편한 소외감 속에서 도열 길을 걷고 있는데, 누군가 그의 어깨를 툭 쳤다.

"오랜만이다."

돌아보니 민수와 창수였다.

"공부는 열심히 했냐?"

민수의 물음에 혁준이 뭐라 대답을 하려는데,

"창수 선배님! 파이팅입니다!"

"창수 선배님! 수능 대박 나십시오!"

"창수 선배님! 풍천고의 명예를 드높일 거라 믿습니다! 분명 이번에도 잘 보실 겁니다!"

"창수 오빠, 시험 잘 보세요."

그 자리에 있던 후배들이 벌떼같이 창수에게로 몰려든다.

그 바람에 짐짝처럼 내쳐진 민수가 인상을 팍 구겼다.

"이것들아! 나도 너네들 선배란 말이다!"

버럭 고함까지 질러보지만 그 고함마저 이어진 학생부의 교가 열창에 묻혀 버렸다.

그 원망이 고스란히 창수에게로 향한다.

"저놈 저거 좀 재수 없지 않냐? 저 여자애들은 또 뭔데? 대체 어느 학교 애들이야?"

드물게도 민수의 의견에 동감이다.

아니, 솔직히 말하면 좀이 아니라 많이 재수 없다.

그렇잖아도 전교에서 놀던 녀석이 고3이 되고부터는 아예 전교 1등을 놓치지를 않았다. 거기다 지난번 모의고사 때는 전국 등수 3천 등 안에 들기까지 했다.

그러니 학교의 기대를 한 몸에 받는 것도 당연했다.

'저 외모에 저 성적에 운동까지 만능, 거기다 후배들의 존경을 한 몸에 받는 카리스마까지. 그게 사람이야? 만화 캐릭터지.'

문득 궁금해졌다.

'과연 저 녀석의 실체를 알게 돼도 후배들이 지금처럼 저렇게 따를까?'

녀석이 히어로 오타쿠인 걸 안다면?

정신세계가 가히 정상이 아니란 것을 알게 된다면?

'하긴, 오히려 그 허술함이 더 매력 어필을 할지도 모르지.'

정우성이, 조인성이, 원빈이, 강동원이 도라에몽을 좋아하고 건담 프라모델로 방을 가득 채우고 있다고 해도 그 인기가 식지는 않을 테니까.

혁준이 그런 생각을 하며 걷고 있는데 민수가 물었다.

"근데 정말 그동안 공부 좀 했냐? 설마 죽어라 공부해도 4년제가 간당간당한 성적으로 방학 내내 놀기만 한 건 아니겠지?"

"니가 내 성적 걱정할 처지는 아니지 않냐?"

그도 그럴 것이, 고3이 되고 성적이 급등했던 창수와는 반대로 민수는 고3이 되자 오히려 성적이 급락해서 더 이상 바닥을 칠 수 없을 만큼 바닥을 친 것이다.

내신 성적 15등급 중 15등급.

심지어 지난 모의고사 때는 전국 순위가 뒤에서 0.01퍼센트를 찍었다.

오죽했으면 담임이 2년제 대학도 가기 힘들 거니까 그냥 일찌감치 돈이나 벌라고 했을까.

그런 주제에 언제나 자신감은 만땅이다.

"나야 실전에 강하니까."

"실전에 강해봐야 바닥이지."

"이보게 친구. 내 눈은 수능을 보고 있지 않다네. 내 눈이 향하고 있는 곳은 이미 저 수능 너머의 대학이라네. 내 청춘을 불사를 대학!"

"그러니까 그 성적으론 너 대학 못 간다니까."

"내 목표가 뭔 줄 아나 친구? 백 번의 미팅과 백 번의 연애라네. 그리고 4학년이 되면 파릇파릇한 새내기 동아리 후배와의 CC! 들어는 봤나? CC! 캠퍼스 커플! CC야말로 캠퍼스 낭만의 꽃이라 할 수 있지!"

아주 혼자서 상상의 나래를 펼쳐 간다.

혁준은 다시 한마디 핀잔을 던지려다 관뒀다.

어차피 녀석의 귀에는 들리지도 않을 테고, 무엇보다 그 순간 잊고 있던 것을 떠올린 때문이었다.

'그러고 보니 서인이랑 처음 만난 것도 동아리 조인트에서였지.'

박서인.

훗날 우연히 퓰리처상의 모델이 되어 한국의 나이팅게일로까지 불리며 국민들의 전폭적인 사랑을 받게 되는 여자.

캠퍼스는 달랐지만 동아리 조인트에서 만나 첫눈에 반한 그의 첫사랑이다.

아니, 짝사랑이다.

첫눈에 반하고도 명문 의대생인 그녀에 비해 지방 캠퍼스 출신이라는 자격지심에 고백 한 번 제대로 못 해보고 포기해야 했던 짝사랑.

'지금이라면 이름만 같은 지방 캠퍼스가 아니라 진짜 같은 대학도 갈 수 있긴 할 텐데…….'

물론 지금은 설렘도 아픔도 그리움도 없다.

하지만 궁금하긴 했다.

그때와는 달라진 자신이 그녀에겐 어떻게 보일지.

그때와는 달라진 자신에게 그녀는 또한 어떻게 보일지.

'정말 대학에 가서 캠퍼스의 낭만을 한번 즐겨봐?'

수능 D—DAY.

"오빠 같이 가!"

혁준이 집을 나서자 수진이가 급히 따라 나왔다.

혁준이 눈살을 찌푸리며 물었다.

"넌 왜 나와?"

"나도 따라갈 거야."

"어딜?"

"어디긴 어디야? 입시장이지. 따라가서 입시장 문에다가
엿도 붙이고 그럴 거야."

"뭐?"

"원래 다 그러는 거래."

어딘지 수진이의 눈빛이 단호했다.

아니, 결연했다.

그 결연한 눈빛에선 애써 내색을 않으려했지만 혁준에 대한 걱정이 가득했다.

수진이뿐만이 아니다.

현관문 앞에서 혁준을 보고 있는 아버지 홍석의 눈빛도 수진이와 크게 다르지 않았다.

기분 탓인지 아버지의 입가 주름이 오늘따라 왠지 더 깊어 보였다.

'전에도 이랬었나?'

어렴풋한 기억을 더듬어 보니 전에도 이랬었던 것 같다.

다만 그때는 그저 자신에게 닥친 이 수험의 무게에 짓눌려서 그들의 걱정을, 그 마음을 살필 겨를이 없었을 뿐이다.

역시 그들의 마음을 배신하기엔 너무 철이 들어버렸다.

혁준은 새롭게 각오를 다지며 아버지에게 꾸벅 인사를 했다. 그리고 수진이와 함께 입시장으로 향했다.

입시장에 도착하자 수진이가 그의 손에 뭔가를 쥐어줬다.

펼쳐 보니 자그마한 부적 주머니였다.

"뭐야 이게?"

"나도 뭐 이런 건 안 믿는데, 지금 오빠 실력이 실력이니까 운에라도 좀 기대봐야지."

실없다 넘겨 버리기에는 그 마음이 너무 간절하다.

"너 은근히 날 무시하는 경향이 있는데, 자꾸 그러면 나 진짜 세상을 놀라게 만들어 버린다? 집으로 막 기자도 찾아오고 그래도 난 몰라? '우리 오빠는요, 교과서 위주로만 공부했구요' 뭐 이런 인터뷰 한번 하게 만들어줘?"

"웃기시네. 그러다 괜히 답안 밀려 써서 엄마 아빠 쓰러지게 하지나 마세요. 진짜 답안 체크할 때 신중히 잘 봐."

"내가 바보냐?"

"그럼 아냐? 게다가 그런 실수는 오히려 똑똑한 애들이 더 많이 한단 말이야."

"그러니까 내가 바보라는 거야? 아님 똑똑하다는 거야?"

"아무튼! 얼른 들어가. 들어가서 마음 가다듬고 시험 준비 해야지."

수진이가 혁준의 등을 떠밀었다.

그 떠밀림에 입시장 안으로 들어선 혁준은 슬쩍 수진이를 보다가 다시 자신의 손에 들린 부적 주머니를 보았다.

'이거 참, 자꾸 날 시험에 들게 하시는구만.'

잠시 쓴웃음을 베어 문 혁준은 이내 부적을 뒷주머니에 집어넣고는 입시장 교실로 들어섰다.

그리고 그로부터 아홉 시간 후, 입시장을 나오는 혁준의 표정은 실로 복잡 미묘했다.

*　　*　　*

"수고했어, 오빠."

입시장에서 나오는 혁준을 보며 수진이가 밝게 웃어 보였다.

'잘 봤어?' 가 아니라 '수고했어' 다.

밝게 웃어 보이는 저 웃음도 메마르다.

혁준의 복잡 미묘한 표정에서 좋지 않은 결과를 예상하고는 혁준을 배려하는 것이다.

그런데 그 모습이 어딘지 초췌하다.

"너 점심도 안 먹었지?"

"응? 아니, 먹었는데?"

"안 먹었구만 뭘."

혁준이 시험을 치르는 동안 끼니조차 거른 채 밖에서 얼마나 노심초사했는지 그 초췌한 얼굴에 다 드러나 있었다.

"아버지도 기다리실 테니까 얼른 집에 가서 짜장면이나 시켜 먹자."

혁준이 먼저 앞장서 가자 수진이 병아리마냥 쪼르르 쫓아온다.

그 걸음새조차 조심스럽다.

혁준이 그런 수진이를 돌아보며 핀잔을 준다.

"내 눈치 그만 보지? 나 시험 잘 봤거든?"

"진짜? 진짜 시험 잘 봤어?"

"그래."

"근데 아까는 왜 그런 표정이었어?"

"어떤 표정?"

"시험 망친 표정."

"아니거든? 그냥 좀 생각할 게 있어서 그런 거거든?"

"근데 진짜 시험 잘 본 거 맞아?"

"그렇다니까."

"음… 오빠가 잘 봤다 할 정도면 이번 시험 난이도가 낮았나? 그럼 더 안 좋은 거 아냐? 원래 시험이란 건 공부 못하는 사람들한텐 어려우면 어려울수록 좋은 거잖아?"

"걱정을 하든 무시를 하든 둘 중 하나만 하시지?"

"무시는 누가 무시를 했다 그래? 걱정돼서 그러는 거지."

정말로 걱정스럽다는 듯 혼자서 꽤 심각한 얼굴을 하는 수진이다.

그런 수진이의 걱정은 집으로 돌아오고 나서 더 심해졌다.

"새 대입제도 시행에 따라 20일 처음 치러진 94학년도 제1차 대학수학능력시험은 그동안의 실험 평가 때보다 쉽게 출제돼 수험생들의 성적이 다소 올라갈 것으로 보입니다. 이날 오전 9시부터 전국 51개 시험지 6백 58개 고사장에서 시험을 치른 수험생들은 수리·탐구의 일부 까다로운 문제를 제외하고 지난해 실시된 5, 6, 7차 실험평가와 비슷하거나 다소 쉬웠다는 반응입니다."

아니나 다를까, 이번 수능의 난도가 대체로 낮았다는 뉴스가 전해진 것이다.

혁준이 시험을 잘 봤다는 말에 조금은 마음을 놓고 있던 홍석도 그 바람에 다시 걱정이 깊어졌다.

그리고 그날 저녁이었다.

수진이가 혁준의 방문을 열고 들어왔다.

"오빠, 지금 TV에서 수능 문제풀이 방송 시작해. 얼른 나와서 채점해 봐."

"안 해."

"뭐? 아니 왜?"

"귀찮아. 굳이 확인할 필요도 없고."

"지금 무슨 소릴 하는 거야? 오빠 인생이 달린 시험인데 귀찮다는 게 말이 돼? 아까는 시험 잘 봤다더니, 사실은 망친 거야? 그래서 벌써 포기한 거야? 아니, 포기를 해도 점수 채점은 해봐야지. 어떤 문제를 틀렸는지 알아야 2차 시험에라도 대비할 수 있을 거 아냐. 시험지 어딨어? 책가방에 있어?"

그러고는 혁준의 가방부터 뒤적여 시험지를 꺼내 든다.

그걸로도 성이 안 차는지 끝끝내 혁준을 거실로 끌고 나와 소파에 앉혔다.

관심 없다는 듯 거의 소파에 기대어 눕다시피 한 혁준과는 달리 아버지 홍석과 수진이는 거의 숨소리조차 내지 않은 채 방송 광고가 끝나기를 기다렸다.

이윽고, 방송 광고가 끝나고 언어영역 듣기 평가 6문제를 시작으로 94학년도 대학수학능력시험 문제풀이 방송이 시작되었다.

[이제 듣기 문제는 다 끝났습니다. 7번 문제부터는 읽고 답하는 문제입니다.]

7. 다음 중 가장 자연스러운 문장은?

① 우리가 한글과 세계의 여러 문자들을 비교해 볼 때 매우 조직적이며, 과학적이고 독창적인 문자라고 하는 사실은 널리 알

려져 있다.

② 그가 오락에 몰두하는 것은 단순히 즐기기 위해서보다는 현재의 괴로움을 잠시나마 잊어 보려는 행동에 불과하다.

③ 인간은 언어를 통하여 자기의 경험을 남에게 전달할 뿐만 아니라 남의 경험을 제삼자에게 전달하기도 한다.

④ 과학적 인간관과 인식론에 있어서는 인간과 인식에 관한 유일한 가정처럼 받아들여지는 데에서 우려를 낳고 있다.

⑤ 한 나라의 영화 정책은 당연히 자기 나라 영화의 보호와 진흥을 목적으로 그 방향에 따라 정책을 수행한다.

"7번 문제는 3번이 정답입니다."

아나운서의 말에 시험지의 답을 확인하던 수진이 기분 좋게 동그라미를 그렸다.

듣기 평가 여섯 문제에 이어 7번 문제까지 정답을 맞히자 수진이 혁준을 향해 엄지손가락을 치켜세웠다.

"이야! 조짐이 좋은데? 이러다가 언어영역 만점 받는 거 아냐?"

당연히 농담이다.

우스갯소리였을 뿐이다.

그런데, 10번, 20번 문제 풀이가 진행될수록 수진이의 장난기 어린 눈이 점점 진지하게 바뀌어갔다.

"오빠, 진짜 시험 잘 봤나 봐?"

비록 언어영역 한 과목일 뿐이지만 그것만으로도 그저 즐거운 수진이다.

하지만 문제 풀이가 30번을 넘어가자 그저 즐겁고 기쁘기만 하던 마음에 설마 하는 기대가 생겨났다.

40번을 넘자 '설마' 가 '혹시나' 가 되고, 50번에선 놀람이, 그리해 마침내 60번 마지막 문제에 이르러선 놀람은 경이로움이 된다.

아버지 홍석이라고 다르지 않았다.

들뜬 환희와 대견함으로 TV와 시험지, 혁준을 번갈아 본다.

그러나 그것은 그저 시작에 불과했다.

이어진 수리 · 탐구I, 수리 · 탐구II, 그리고 외국어영역까지…….

모두 합쳐 190개의 문제 중에 마지막 하나를 남겨둔 수진이의 손은 이젠 아예 삭풍에 사시나무 떨리듯 애처롭게 떨리고 있었다.

꿀꺽.

홍석의 침 삼키는 소리만이 정적을 깨운다.

그때, 수진이가 앞서 189개 문항에서와 마찬가지로 마지막

190번째 문항에도 빨간색 사인펜으로 동그라미를 그렸다.

그리해 완성되었다.

190개 문항에 190개의 동그라미가.

총점 200점 만점에 200점 만점.

"오, 오빠……."

수진이가 이 믿을 수 없는 현실에 그저 망연자실해서 혁준을 본다.

"혁준아, 이게 대체……."

홍석도 들뜬 환희의 한편으로 불안과 불신을 띄운다.

혁준이 그제야 파묻혀 있던 소파에서 상체를 일으켜 세우며 머리를 긁적였다.

"그래서 내가 그랬잖아요. 시험 잘 봤다고."

"이게… 잘 본 정도야?"

"못 본 건 아니잖아?"

"오빠 혹시… 컨닝했어?"

"컨닝해서 만점 받는 게 말이 되냐? 그것도 수능인데?"

"수능에서 오빠가 만점 받는 건 더 말이 안 되잖아!"

"말이 안 되는 일을 지금 목격하고 계시잖아."

사실 양심에 좀 찔리긴 한다.

컨닝이라면 컨닝이니까.

그리해 혁준은 수진이에게서 시험지를 뺏어 들고는 서둘

러 자신의 방으로 들어가 버렸다.

그러고 나서 한 삼십 초 정도의 정적이 흘렀을까?

"우와! 우와! 아빠 아빠! 오빠 만점이에요! 만점이래요! 진짜 만점인가 봐요!"

수진이의 기쁨에 찬 환호성이 터져 나왔다. 좀처럼 보기 드문 아버지의 큰 웃음소리도 들렸다. 그리고 앞 다투어 여기저기 전화를 해댄다.

거실에서 들려오는 그 같은 소란을 들으며 혁준은 한숨을 푹 내쉬었다.

"벌써부터 이렇게 난린데 정식으로 점수 발표라도 나면 얼마나 시끄러워질지……."

가족, 친지, 친구들, 학교 선생들, 그리고 각 방송 매체까지… 생각만 해도 머리가 지끈거린다.

"내가 왜 그랬지?"

내가 왜 그랬을까?

처음에는 그저 190점 정도만 맞을 생각이었다.

전국 1등이 198점이니 그 정도면 딱히 주목받을 일도 없을 테고, 대학별 본고사 기출문제까지 확보하고 있는 상황이라 내신에서 15점 정도 깎여도 그 정도면 충분히 원하는 대학을 들어갈 수 있겠다 싶었다.

그랬던 것인데…….

"너무 흥을 내버렸어."

막상 시험지를 받고 한 문제 한 문제 답을 작성해 나가다 보니 저도 모르게 너무 달아올라 버렸다.

아니, 그 순간만큼은 마치 자신이 자신이 아닌 것만 같았다.

국민학교 6년, 중학교 3년, 고등학교 3년.

그 12년을 오직 이 한순간을 위해 달려왔다고 해도 과언이 아닌 열아홉 살의 자아가, 그 자아가 뿌려대는 주체할 수 없는 맹목적인 욕망 앞에서 이성은 너무 무기력했다.

그렇게 마지막 190번째 문제를 마쳤을 때, 그제야 겨우 다시 돌아온 이성이 '아차' 했지만 그때는 답안지가 이미 시험 감독관의 손에 넘어간 이후였다.

"그래, 앞으로 이것 때문에 조금 귀찮고 번잡하기야 할 테지만, 뭐 어때? 이것도 다 추억이라면 추억 아니겠어?"

그래, 그러자. 제대로 된 추억거리 하나 없이 흘려보낸 지난 내 청춘에 대한 헌정이라고 해두자.

혁준은 그렇게 마음을 편히 먹기로 했다.

그런데 수진이 벌컥 문을 열고 들어와서는 그 숭고한 헌신에 찬물을 끼얹었다.

"근데 오빠, 진짜 답안 밀려 쓰거나 그런 건 아니지? 오빠 만점 받았다고 이미 친구들한테 다 자랑해 놨단 말이야."

"만점을 받아도 니 눈엔 여전히 내가 바보로 보이는 거냐?"

"당연하지! 원래 바보랑 천재는 한 끗 차이니까. 천재들이 보통 바보 같은 실수들 많이 하잖아."

"그러니까 바보든 천재든 좀 하나만 하라고, 하나만."

혁준은 귀찮다는 듯 손을 휘휘 내저어 수진이를 내보냈다.

수진이를 내보내고 나니 괜히 기분이 찝찝해져 온다.

'설마… 나 진짜 답안 밀려 쓴 건 아니겠지?'

사실 기억이 없다.

한껏 흥에 취해서 달려 버린 통에 답안은 물론이고 이름과 수험 번호를 제대로 적었는지조차 가물거린다.

'에이, 설마? 아니겠지?'

*   *   *

그로부터 한 달 후였다.

수능 성적 발표 날이 되었다.

그동안에는 불안한 마음이 있었다.

차라리 답안 좀 밀려 써서 만점이 아닌 게 낫겠다 싶다가도, 막상 또 만점이 물거품이 될지도 모른다고 생각하니 뭔가 좀 아쉽고 개운치 않은 것도 사실이었다.

뭐랄까? 큰일을 보고 뒤를 안 닦은 듯한 찝찝함이라고
할까?

하지만 그러한 불안은 등굣길, 학교 앞에 이르러 말끔히 사
라졌다.

곳곳에 낯선 사람들이 보였다.

커다란 카메라를 든 사람도 있었고 손에 검은색 수첩을 든
사람도 있었다.

딱 봐도 기자들이다.

그리고 기자들이 풍천고 앞을 어슬렁거린다는 것은 풍천
고에 수능 1등자가 있다는 뜻이었다.

물론 그 수능 1등자는 당연히 자신일 것이다.

그것도 만점으로.

아니나 다를까, 교실로 들어서니 이미 어디서 소식을 들었
는지 민수가 쪼르르 달려와 신나게 떠들어댔다.

"야, 그거 들었냐? 우리 학교에서 만점자가 나왔단다! 그것
때문에 지금 학교에 기자들 찾아오고 난리도 아냐."

아직 그 만점자가 혁준인 건 모르는 모양이다.

어차피 조금 있으면 곧 밝혀질 일이라 숨기지 않았다.

"그거 나야."

"와! 진짜 대단하지 않냐? 첫 수능에 첫 만점자라니. 누군
진 모르지만 서울대에서도 모셔 가려고 난리일걸?"

"그거 나라니까?"

"누굴까? 공부 좀 한다 하는 놈들 중에 있을 텐데… 혹시 창수 너 아냐?"

"그러니까 그거 나라……."

"어쩌면……."

"응?"

"진짜? 창수 너야? 너 만점이야?"

"일단 채점을 해보니까 그렇긴 하던데……."

"……?"

머리를 긁적여 대는 창수를 보며 혁준은 잠시 혼란에 빠졌다.

'저 녀석도 만점이라고?'

원래라면 198점의 배 모 군이 수능 1등자였다.

그런데, 자신도 자신이지만 창수까지 만점이라니?

'설마 이것도 내 개입으로 바뀐 건가?'

혁준이 그렇게 혼란스러워하고 있을 때, 마침 담임이 들어왔다.

담임의 손에는 수능 성적표가 들려 있었다.

담임이 어수선한 교실 분위기를 확인하고는 고개를 끄덕였다.

"음, 다들 들어서 알고 있나 보군. 그래. 우리 학교에서, 아니, 우리 반에서 수능 만점자가 한 명 나왔다."

홍분이 가라앉지 않는지 담임의 목소리도 격앙되고 들떠 있었다.

담임의 말에 모두의 눈이 일제히 창수를 향했다.

하지만 혁준은 다른 것에 더 신경을 쓰고 있었다.

'한 명이라고?'

분명 한 명이라고 했다.

그럼 창수와 자신 중 만점자는 하나라는 뜻이다.

'나 진짜 답안지 밀려 쓴 거 아냐? 설마 수험 번호를 잘못 적진 않았겠지?'

불안은 더 큰 불안을 양산한다.

혁준이 그렇게 불길함에 휩싸여 있을 때, 담임이 한층 더 술렁이는 교실 분위기를 진정시키고는 차분히 말했다.

"아무튼 만점자에 대한 축하는 조금 이따 하기로 하고. 일 단 성적표를 나눠주겠다. 김성기."

"예!"

"김태욱."

"예!"

"이강현."

성적표 배분이 시작되었다.

혁준의 이름이 불린 것은 학우들의 성적표가 거의 다 나눠진 다음이었다.

수능 성적표를 받아 들고 자신의 자리로 돌아온 혁준은 조심스럽게 성적표를 펼쳤다.

상황이 이렇게 되고 보니 꽤나 긴장이 된다.

미처 인식 못 하고 있었지만 가늘게 손까지 떨리고 있었다.

그렇게 펼쳐 든 성적표에는,

―언어영역 60, 수리·탐구I 40, 수리·탐구II 60, 외국어영역 40. 총점 200.

이라고 적혀 있었다.

백분위도 각각의 영역에 100이라는 숫자가 찍혀 있었다.

당연히 올 1등급이다.

'그럼 그렇지! 문제랑 답을 뻔히 알고도 만점을 못 받는다는 게 말이 돼? 내가 그렇게 바보일 리가 없잖아!'

그랬다.

3학년 2반의 만점자는 혁준이었다.

짜릿한 쾌감과 이어진 안도, 그리고 그제야 고개를 치켜드는 의문 하나.

'그럼 창수는?'

혁준이 급히 창수를 보았다.

그 순간 창수는 완전이 울상이 되어 혁준을 보고 있었다.

그리고 울먹이며 흘러나오는 말.

"아, 씨발. 나… 답안지 밀려 썼나 봐."

"……."

이 녀석은… 바보인 걸까, 천재인 걸까?

*   *   *

"우리 반 수능 만점자는… 권혁준이다."

담임의 말에 그 순간 모두가 혁준을 본다.

그 눈들에 담긴 것은 참 천편일률적이게도 놀람과 불신이다.

개중에는 '저런 게 어떻게?' 라는 표정을 하고 있는 녀석들도 있었다.

"에이, 거짓말이죠, 선생님? 저런 게 어떻게 수능 만점이에요?"

아예 대놓고 '저런 게 어떻게?' 라고 말하는 놈도 있다.

다름 아닌 민수다.

"그러게 내가 아까부터 그랬잖아. 그 만점자가 나라고."

"말도 안 돼! 있을 수 없어! 창수도 아니고 니가 어떻게……? 아, 이거… 혹시 꿈이야?"

"꿈 아니거든?"

"그렇군. 그래. 나 지금 꿈속인 거야."

"꿈 아니라니까."

"어쩐지 내 점수가 이따위일 리가 없지. 67점이라니? 찍어도 이것보단 잘 받을 거 아냐?"

"너 찍었잖아? 찍어서 그 점수 받았으면 완전 신 내림 받은 거지 뭘."

"설마 이거 혹시 예지몽?"

"아, 글쎄 꿈 아니라니까."

"꿈은 반대라고 했으니까 혹시 나 만점 받는 거 아냐?"

"꿈이 반대면 내가 빵점이어야지 왜 니가 만점인 건데?"

어수선한 분위기 속에서 혁준과 민수가 그렇게 '나 누구랑 대화하니?' 콩트를 주고받고 있자 담임이 어수선한 분위기를 진정시키며 말했다.

"뭐, 나도 아직 얼떨떨하고 잘 믿기지는 않는다마는 아무튼! 권혁준이 이번 1차 수능의 만점을 받았다. 그러니 우리 풍천고와 3학년 2반의 명예를 드높인 혁준이를 위해 모두 박수!"

불신이야 여전했지만 그런 것과는 상관없이 우레와 같은 박수 소리가 터져 나왔다.

선망과 부러움, 수능 만점자가 같은 반 급우라는 것만으로도 자부심을 느낄 수 있는 것이 이 나이 때의 순수함일 것이다.

하지만 좀 민망했다.

실력으로 따낸 영광이라면야 뿌듯하고 자랑스러웠겠지만 아무래도 그게 아니다 보니 불편하고 어색하다.

그렇게 불편해하고 있는데 선생이 혁준을 보며 말했다.

"그리고 혁준인 날 따라오고. 교장선생님께 인사도 드려야 하니까."

순간 혁준은 '올 것이 왔구나' 하는 표정이었다.

이제부터 본격적으로 귀찮은 일이 시작되려는 것이다.

예상대로였다.

교장 면담을 시작으로 하루 종일 이리 저리 불려 다니기 바빴다.

다음 날 조례 때는 전교생이 보는 앞에서 단상으로 불려 나가 얼굴을 팔아야 했다.

친족, 친지, 연락 한 번 안 하고 지내던 중학교, 국민학교 동창들까지.

여기저기서 축하의 말들이 쏟아져 전화통이 불이 날 지경이었다.

당연하게도 방송사며 신문사며 인터뷰 요청도 물밀 듯이 들어왔다.

하지만 철저히 외면했다.

어느 신문사의 기자가 끈덕지게 들러붙어 올 때는 호텔 방을 잡아놓고 아예 집엔 들어가지도 않았다.

그렇게 철저히 외면했는데도 어디서 구했는지 모를 자신의 낡은 흑백 증명사진과 '고3 1년간은 여섯 시간 취침 여섯 시간 공부를 철저히 지켰어요. 밤을 새운 적은 한 번도 없었어요' 라는 인터뷰 기사가 신문지상에 버젓이 올라와 있는 것을 보면 역시 시대에 상관없이 '진실 따윈 개나 줘버려!' 를 외치는 진실 저항적인 기자는 어디에나 있게 마련인 모양이다.

그래도 만점 받은 것이 그저 귀찮고 불편하기만 한 것은 아니었다.

집에서는 믿고 의지할 수 있는 듬직한 아들이 되었고 학교에서는 그야말로 치외법권의 무법자가 되었다.

아무런 간섭도 받지 않았다.

남들은 2차 수능 대비다 뭐다 정신이 없는데도 그는 아침 조례 때 얼굴만 비추면 조퇴를 하든 무단 땡땡이를 치든 다들 눈 감고 귀 닫고 모른 척해 주었다.

덕분에 2학기가 한창인데도 기가스 테크놀로지의 일에 매진할 수 있었다.

그날도 그렇게 점찍어둔 신생 벤처 회사를 둘러보고 오는 중이었다.

차안에서 오늘 둘러본 벤처 회사의 세부 자료를 보고 있던 혁준이 문득 생각났다는 듯 차유경에게 물었다.

"본사 건물 완공까진 얼마나 더 남았죠?"

"예정은 석 달 후로 잡혀 있어요."

"음… 본사 건물도 그렇고 벤처 단지도 그렇고 아직 돈이 많이 들어가죠? 여유 자금은 얼마나 있습니까?"

"그동안은 예산이 빠듯했던 것이 사실이지만 한진테크가 상장되면서 현재는 자금 문제는 완전히 해결되었어요. 게다가 이번에 유현테크와 시스템클로네, 신풍실업이 본격적으로 해외 메이저사들과 기술제휴를 맺으면서 700억 정도가 추가로 더 들어왔구요."

"그럼 현 상태로 한진테크와의 독립이 가능하겠습니까?"

혁준의 질문이 느닷없었는지 길가에 차를 세우고는 혁준을 돌아보았다.

"한진테크와의 독립이라시면……?"

"한진테크로부터 들어오는 돈이 없더라도 당장 회사 자금이 부족하지 않겠냐 묻는 겁니다."

"……"

하지만 차유경은 여전히 이해가 안 된다는 듯 큰 눈을 동그랗게 뜨고는 혁준을 본다.

그 크고 맑은 눈이 새삼 참 예쁘다는 생각을 하며 혁준은 말했다.

"이제 곧 한 대표님 생일이잖아요. 그래서 생일 선물로 지분 조정 좀 하려구요."

"지분 조정이라면… 대표님의 지분을 한 대표님께 양도할 거란 말씀이신가요?"

"예, 사실 터무니없는 계약이었잖아요. 인연을 맺을 당시의 상황이 다른 업체랑은 달랐고 그래서 다른 업체와 조건을 비교하는 건 의미가 없는 일이지만, 그래도 한진테크와 한 사장님은 우리 기가스의 창업 공신이나 다름없는데 그동안의 공로를 생각해 드려야죠. 지금까지야 내 코가 석자라 어쩔 수 없었지만 이젠 제법 여유도 생겼고 회사도 어느 정도 자리를 잡았고……."

즉흥적인 생각이 아니었다.

벤처 단지 건설을 계획한 순간부터 기가스가 어느 정도 궤도에 오르고 제2, 제3의 한진테크가 속속 만들어지면 한진테크는 온전히 한성진의 손에 돌려줄 생각이었다.

"물론 완전한 독립은 아닙니다. 한진테크는 그 상징성으로 앞으로 세워질 기가스 벤처 단지의 중심이 되어 주어야 하니까요. 일종의 종신 얼굴마담이랄까요? 그러니까 지분 양도는 전속 계약금인 셈이죠."

말은 그렇게 했지만 한성진에 대한 신뢰와 배려를 충분히 느낄 수 있었다.

잠시 생각을 해보던 차유경이 고개를 저었다.

"아직은 무리예요. 지금 상태에서 한진테크로부터 들어오는 자금줄이 전부 끊긴다면 지금 추진하고 있는 여러 업무에 분명 지장이 초래될 거예요. 그래도 굳이 선물을 하시겠다면… 보다 세밀하게 예산을 잡아봐야겠지만 대략 30퍼센트 정도면 무리가 없을 거예요. 그러니까 일단 30퍼센트 정도를 양도하고 순차적으로 넘기는 방식으로 하는 게 어떨까요?"

"음… 뭐, 어쩔 수 없죠. 그럼 그렇게 하기로 하고 계산을 뽑아보세요. 아, 그리고 이건 한 대표님 생일 때까진 비밀로 해야 하는 거 알죠? 뭐니 뭐니 해도 생일엔 깜짝 이벤트가 최고잖습니까. 흐흐."

한성진이 놀라고 감격할 걸 생각만 해도 기분이 좋은지 혁준의 입가에 걸린 미소가 떠나질 않는다.

"한 대표님이야 대표님을 늘 은인이라 하시지만 대표님께도 한 대표님은 각별하신가 봐요."

"그렇죠. 이곳에 와서 처음으로 맺은 새로운 인연이기도 하고, 한 대표님 덕분에 제 인생의 방향도 잡을 수 있었고……."

"이곳에 와서라뇨? 혹시 해외에 사셨어요?"

"아뇨, 뭐 그런 게 있습니다. 그나저나 한 대표님 요즘 정말 바쁘신가 본데요? 전화 한 통 없으시네? 내 소식 들으면 축하 인사 정도는 하러 오실 줄 알았더니……."

"저도 요 며칠 뵙지 못했어요. 늘 자리를 비우셔서……."

"하긴, 상장까지 된 마당이니 일이 오죽 바쁘겠습니까?"

생각난 김에 먼저 전화라도 넣어볼까 하다가 관뒀다.

어차피 업무보고야 차유경을 통해서 받고 있는 마당에 괜히 바쁜 사람 귀찮게 하고 싶지 않았다.

그런데 다음 날이었다.

차유경이 이상한 소식을 전해왔다.

"대표님. 한진테크 한성진 대표의 움직임이 심상치 않습니다."

"그건 또 무슨 소립니까?"

"대표님의 지시대로 지분 양도에 따른 예산을 뽑는 중이었는데요, 아무래도 그러자면 한진테크의 자금 상황도 파악을 해야 해서 그쪽도 같이 이것저것 살펴보던 중이었는데……."

"그런데요?"

"아무래도 한성진 대표가 소송을 준비하고 있는 모양입니다."

차유경의 말에 혁준이 눈살을 찌푸렸다.

"소송이라뇨? 무슨 소송 말입니까?"

"예, 특허권지분등록말소청구소송을 하려는 것 같습니다.

"그게 무슨… 말이죠?"

"그러니까 쉽게 말해 대표님께 양도한 특허권 지분 50퍼센트를 돌려받겠다는 뜻인 것 같습니다."

"뭐라고요?"

특허권을 돌려받겠다니?

"이미 양도한 지분을 다시 돌려받겠다는 게 말이 돼요? 아니, 그전에 그런 일이 가능하기는 합니까?"

"전례가 없는 것은 아니에요. 정당한 사유만 있다면……."

"정당한 사유란 게 뭔데요?"

"그건 저도 아직… 하지만 이런 소송을 준비한다는 것만으로도 이미 어느 정도 승산을 가지고 있는 거라 판단돼요."

"……."

"물론 아시겠지만 특허권을 잃으면 한진테크는 빈껍데기에 불과해요. 애초에 이런 소송을 준비하고 있다는 것 자체가 한진테크를 버리겠다는 뜻이겠죠. 특허권을 가진 한성진이 한진테크를 버린다고 하면 대표님이 가지고 계신 한진테크 지분은 휴지 조각이 될 수밖에 없어요."

그녀의 말대로였다.

기술 특허 하나로 일어선 한진테크였다.

특허권을 빼앗기고 한성진이 한진테크와 등을 돌린다면 그걸로 한진테크는 문을 닫아야 했다. 제공할 기술 자체가 없는데 무슨 수로 여타 자동차 회사들과 기술제휴를 유지하겠는가 말이다.

"대체 이유가 뭐랍니까?"

정말이지 궁금했다.

그동안 잘 지내왔다.

한진테크가 이만큼이나 클 수 있었던 것도 한성진이 혁준과 끈끈한 파트너십을 잘 유지해 온 덕분이었다.

그런데 왜 이제 와서 자신의 뒤통수를 치려 한단 말인가?

"그건 저도 아직… 아무래도 대표님께서 한성진 대표를 직접 만나보셔야 정확한 이유를 알 수 있을 것 같아요."

믿기지 않았다.

바로 어제까지만 해도 한성진에게 줄 생일 선물을 고민하던 그였다.

자신이 가진 한진테크의 지분을 모두 넘겨줄 생각까지 했을 만큼 신뢰했던 사람이다.

아직은 어떤 것도 속단할 수 없다.

아니, 어떤 것도 속단하고 싶지 않았다.

차유경의 말대로 지금은 한성진과 만나서 자초지종을 들

는 것이 우선이었다.

혁준은 곧바로 한성진에게 전화를 걸었다.

뚜루루루루— 뚜루루루루— 뚜루루루루—

전화를 받지 않는다.

하지만 혁준은 포기하지 않고 두 번 세 번 계속 걸었다.

안 받으면 받을 때까지, 아예 밤을 새워서라도 전화기를 붙들고 있을 작정이었다. 그만큼 지금 혁준은 불안했고 또 그만큼 화가 나 있었다.

그렇게 몇 번이나 걸었을까?

전화기를 붙들고 있은 지 족히 삼십 분은 넘었을 때쯤이었다.

딸칵.

드디어 연결이 되었다.

"여보세요. 한성진 대표님?"

—…예.

한성진이었다.

그런데 수화기 너머에서 들려오는 목소리가 역시 예전 같지 않았다. 어딘지 거리감도 느껴지고 힘도 없어 보이고 그러면서도 경계하는 듯한 느낌도 있었다.

혁준은 그 순간 차유경에게서 들은 모든 것이 사실이란 것을 바로 알아차렸다.

혁준은 미칠 듯이 들끓는 분노를 간신이 억눌러 참으며 말했다.

"한성진 대표님, 저한테 할 말 없으십니까?"

—…….

"분명 할 말이 있으실 것 같은데, 아닙니까?"

—…….

"전화상으로 하시기 곤란하면 지금 제가 찾아뵐까요?"

그때까지 아무 말 없이 듣고만 있던 한성진이 그제야 입을 열었다.

—아니, 그럴 게 아니라 토요일 오후 3시에 힐튼에서 뵈었으면 하는데, 어떻습니까?

"예, 그러죠. 그럼 그날 뵙겠습니다."

혁준은 그렇게 대답하고는 끊었다.

더 이상 오래 그와 통화를 하고 있을 만한 정신 상태가 아니었다.

이대로 더 끌면 정말 입에서 쌍욕이라도 터져 나왔을 것만 같았다.

그날부터 약속 날까지, 혁준은 잠 한숨 자지 못했다.

믿음이 컸던 만큼 도무지 끓어오르는 화를 주체할 수가 없었다.

마음 같아서는 아예 세상을 몽땅 다 박살 내버리고 싶을 만큼 지금 혁준의 상태는 최악이었다.

그건 약속 당일이 되어서도 마찬가지였다.

그런데, 그렇게 간신히 이성 한 자락만 움켜쥐고 나간 약속 장소에서 한성진과 같이 온 뜻밖의 사람을 확인한 순간, 말끔한 정장 차림의 사내가 누군지 한성진으로부터 소개를 받는 순간, 혁준은 자신이 정말 사람을 죽일 수도 있겠구나 하고 생각을 했다.

"현도전자 대표 정일환입니다. 권 대표님에 대해선 여기 한 대표님으로부터 말씀 많이 들었습니다. 이렇게 만나 뵙게 되어 반갑습니다."

*   *   *

너무 화가 나면 오히려 차분해지는 모양이었다.

혁준은 정일환이 말하는 것을 그저 듣고만 있었다.

정일환의 말을 대충 간추리자면 특허권 지분을 양도했을 때의 한성진의 심신 상태가 온전하지 않았다는 것, 심신 상태가 온전치 못한 한성진을 상대로 부당한 거래를 했다는 것, 8천만 원의 대가로 한진테크 지분 67퍼센트면 그것만으로 충분한 보상이 되었다는 것, 그래서 특허권 양도분에 관해서 전면 무효화하는 소송을 준비하고 있다는 것이 그 내용의 골자였다.

"한성진 대표님 같은 유망한 기업인을 돕는 것이 곧 이 나라 경제와 미래를 지키는 일이기에 우리 현도에서는 사명감을 가지고 현도의 모든 법무팀을 총동원해 한성진 대표님의 권리를 되돌려 드릴 생각입니다."

그 말인즉슨 이번 소송으로 혁준이 싸워야 할 상대는 한성진이 아니라 현도그룹이라는 뜻이었다.

정재계, 정관계 어디도 현도의 영향력이 미치지 않는 곳은 없다. 현도가 힘을 쓰면 그것이 진실이든 아니든 법원은 현도의 손을 들어주게 되어 있었다.

싸워봐야 의미가 없다는 것이다.

"아, 그리고 혹시나 해서 드리는 말씀입니다만, AMD 전자제어칩에 관한 부분은 물론 권 대표님께 돌려 드릴 생각입니다. 이미 현도 기술연구팀이 그것을 대신할 만한 것을 개발 중에 있으니까 굳이 그걸로 태클을 걸어도 의미가 없을 겁니다."

그래 봤자 AMD 전자제어칩을 교묘하게 베낀 것에 지나지 않을 것이다.

특허 청구 범위의 원칙 중에 이런 조항이 있다.

'청구항의 구성 요소 중 하나라도 삭제하고 실시하면 침해가 되지 않는다.'

종래의 종이컵에 빨대 하나만 꽂아도 특허가 되고 거기에 마시기 편하게 홈 하나만 파도 개량 특허가 된다.

한때 유행했던 DDR만 해도, 일본의 코나미에서 버튼을 (+) 형태로 특허 출원을 내자 한국의 안다미로에서는 그 버튼을 (×) 형태로 바꿔 펌프라는 이름으로 대히트를 치기도 했다.

물론 거기에는 균등의 범위라 해서 삭제 혹은 개량한 부분의 중요성이나 독립성을 따지긴 하지만 피하고자 하면 얼마든지 피할 수 있는 게 또한 특허인 것이다.

그리고 현도는 그걸 피할 수 있는 충분한 기술력을 갖고 있었다.

혁준은 거의 도발에 가까운 정일환의 말에도 여전히 입을 꾹 다물고 있었다.

아예 정일환에게는 눈길 한 번 주지 않았다.

혁준의 시선은 시종일관 한성진에게 멈춰져 있었다.

그렇게 정일환의 말이 일단락되고, 드디어 혁준이 굳게 다물었던 입을 열었다.

"왜입니까?"

질문은 짧았지만 그 안에는 무수히 많은 감정과 의미가 담겨 있었다.

한성진이 그래도 양심은 있는지 차마 말을 못 하고 고개를 푹 떨어뜨린다.

그런 한성진의 모습이 혁준을 더 화나게 했다.

"왜입니까?"

혁준의 재차 반복된 질문은 더 한층 무겁게 가라앉아 있었다.

하지만 한성진은 여전히 고개조차 들지 못했고 그런 한성진을 정일환이 대신했다.

"한성진 대표님은 어디까지나 부당한 편취에 대한 자신의 정당한 권리를 주장하는 것뿐입니다. 애당초 고작 8천으로 한진테크 같은 유망한 기업을 통째로 집어삼키려고 한 권 대표님께서 너무 양심이 없으셨던 것 아닙니까? 권 대표님과 권 대표님의 사람인 기술이사 세 명이 가지고 있는 지분이 90퍼센트가 넘는데 정작 한진테크를 피땀으로 일궈온 한성진 대표님의 지분은 0.5퍼센트밖에 안 된다는 게 애당초 말이 안 되는 일이지 않습니까?"

혁준은 여전히 정일환을 보지 않았다.

한성진에게 물었다.

"결국 그겁니까? 회사가 커지니까 제게 준 지분이 아까우

셨던 겁니까? 차라리 말씀을 하시지 그러셨습니까? 그랬다면 지분이야 얼마든지 드렸을 텐데요. 그래도 제가 여기에 와서 처음으로 맺은 인연이었고 또 신뢰할 수 있는 사람이라 믿었으니까."

아니, 굳이 말을 하지 않아도 이미 그럴 계획이었다.

하지만 지금 이 시점에서 구차하게 그런 마음을 내보이고 싶지 않았다.

어차피 이미 돌아선 사람이다.

한번 깨져 버린 믿음이다.

말 몇 마디로 돌아올 사람도 아니거니와 돌아온다고 해도 다시 받아줄 마음도 없다.

한참 동안 그렇게 한성진을 보던 혁준이 고개를 끄덕였다.

"예, 알겠습니다."

"……."

"굳이 소송까지 갈 것 뭐 있겠습니까? 서류를 보내주시면 바로 양도 처리해 드리겠습니다."

그렇게 말을 한 후 혁준이 처음으로 정일환에게로 눈을 돌렸다.

"한국에서 수위를 다투는 현도가 특허권 하나 얻자고 공작이나 꾸미고 이간질이나 시키는 치졸한 곳일 줄은 미처 몰랐습니다."

혁준의 말에 정일환이 능글거리며 말했다.

"원래 사업이란 것이 깨끗하게만 할 수는 없는 일이니까요. 더구나 받은 것만큼은 수단과 방법을 가리지 않고 돌려주자는 게 내 개인적인 신조이기도 하고. 권 대표님은 우리 현도를 너무 우습게 본 것 같더군요."

"……."

"240억의 기술제휴 말입니다. 감히 현도를 가지고 장난질을 칠 생각을 하다니… 배짱이 좋다고 해야 할지 용감하다고 해야 할지, 아니면 개념이 없다고 해야 하나? 아무튼 순순히 양도하시기로 한 건 잘한 결정입니다. 하긴, 한성진 대표님께서 우리 현도와 같은 배를 타기로 한 이상 우리 현도와의 전면전도 불사해야 할 텐데, 아무리 배짱이 좋고 용감하고 개념이 없다고 하더라도 그 정도로까지 멍청하진 않겠죠."

비꼬듯 입꼬리를 말아 올리며 어깨를 으쓱해 보인다.

정말이지 그 면상에다 주먹이라도 박아 넣고 싶었다.

그래야 좀 분이 풀릴 것 같았다.

하지만 참았다.

이 잡놈들을 처리할 방법으로는 그건 그다지 적절치가 않았다.

오히려 뒷맛만 쓸 것이 뻔했다.

한성진의 마음도 알았고 그 뒤에 현도가 있다는 것도 알았다.

더는 여기에 앉아 있을 이유가 없다.

혁준은 자리에서 일어섰다. 그리고 뒤도 돌아보지 않고 그 자리를 나왔다. 뒤에서 정일환의 재수 없는 웃음소리가 들려왔지만 그마저도 무시했다.

아니, 무시하려고 했지만 배신감과 모욕감에 머릿속은 이미 새하얗게 변했고 심장은 미친 듯이 날뛰었다.

꽉 다문 입술과 꽉 말아 쥔 손도 주체할 수 없는 분노로 파르르 떨리고 있었다.

겨우 한줌 이성만을 움켜쥔 채 그렇게 밖으로 나오자 밖에서 기다리고 있던 차유경이 물었다.

"어떻게 되셨어요? 한 대표님은 뭐라 그러세요? 소송 얘기가 사실인가요?"

혁준이 씹어뱉듯 대답했다.

"예, 그렇다고 하네요. 그것도 무려 현도그룹까지 앞장세워서."

"예? 그게 무슨 말씀이세요?"

"이 모든 일의 배후에 현도가 있었습니다. 현도가 한성진의 칼과 방패가 되어 제 뒤통수를 치게 한 거죠."

차유경이 이해할 수 없다는 표정으로 물었다.

"한진테크를 망하게 할 뻔한 게 현도라 그러지 않으셨어요? 한성진 대표님이 자살까지 결심하셨던 것도 다 현도의 모략질 때문이라면서요? 그런데 어떻게 한 사장님이 현도와 손을 잡은 거죠?"

"모종의 거래가 있었겠죠. 그게 돈이든 지위든, 그것도 아니라면 협박이었을 수도 있고……. 뭐, 이유야 무슨 상관이겠습니까? 중요한 건 둘이서 작당을 하고 날 엿 먹였다는 겁니다."

"아무리 그래도 그렇지 대체 현도가 왜 이렇게까지 하면서 대표님을……."

"지난번 기술제휴 때의 빚을 갚아주는 거라더군요. 지들을 가지고 장난질 친 대가라나 뭐라나. 현도전자의 대표란 인간이 그러더라구요. 받은 것만큼은 수단과 방법을 가리지 않고 돌려주자는 게 자기 신조라고."

"현도전자라면… 정일환 대표 말인가요? 그럼 그 사람이 이 모든 일을 꾸몄다는 말인가요?"

차유경의 표정이 한층 더 심각해졌다.

이 모든 일을 정일환이 주도했다는 것은 현도그룹이 그룹 차원에서 움직이고 있는 것이라고 봐야 했다.

차유경이 조심스럽게 물었다.

"그래서… 대표님은 어떻게 하실 건가요?"

"받은 것만큼은 수단과 방법을 가리지 않고 돌려준다… 그 신조 나도 마음에 들거든요. 그동안은 그렇게 살아오지 못했는데 이젠 좀 그렇게 한번 살아보려구요. 아니, 받은 것의 열배 백 배로 돌려줄 겁니다. 그렇게 안 하면 지금 내가 미쳐 버릴 것 같으니까!"

그냥 하는 말이 아니다.

혁준의 눈빛은 그 어느 때보다 진지하고 강렬했다.

그래도 물었다.

"정말 싸우실 건가요?"

"물론입니다!"

"대표님께서 싸워야할 상대가 정일환 하나가 아니란 것은 알고 계시겠죠?"

"알고 있습니다. 고작 정일환 하나로는 어차피 나도 성이 안 찹니다!"

상대가 정일환이 아니라 현도그룹이란 것을 알고 있다.

알고 있으면서도 이 남자는 한 치의 주저함도 없이 현도그룹과 싸우겠다고 한다.

"……."

차유경은 혼란스러웠다.

이 나라에서 현도와 싸운다는 것이 어떤 의미라는 건 삼척동자도 알고 있는 일이다. 그런데 그런 현도와 싸울 거라 말하면서도 저 자신에 찬 태도는 뭐란 말인가?

그녀를 더욱 의아스럽게 하는 것은 그 자신감이 허세로 느껴지지 않는다는 것이다. 더구나 지금까지 이 어린 상관을 모시면서 그가 틀린 결정을 하는 것을 단 한 번도 본적이 없었다.

그렇다는 것은 현도를 상대로 싸워볼 만한 뭔가가 있다는 뜻이다.

'대체 뭘까?'

저 자신감의 근원은?

대체 어떤 무기를 가지고 있기에 현도를 상대로도 저렇게 당당한 것일까?

차유경이 그렇게 혼란에 빠져 있는데, 혁준이 그녀에게 지시를 내렸다.

"차 비서님. 지금 현재 현도가 가지고 있는 특허들을 전부 조사해 주세요."

혁준의 말에 차유경이 의아해하며 물었다.

"현도가 가진 특허라 하시면 어떤 분야를 말씀하시는지……?"

"전부 다요."

"……?"

"건설, 전자, 자동차, 전기, 화학, 중공업… 아무튼 현도 각

계열사별로 주력으로 하고 있는 제품군들에 대해서 관련 특허들을 싹 다 조사해 주세요.

"……"

주력으로 하고 있는 제품군들에 한해서라고 해도 그 수가 상당할 터였다.

"왜요? 일이 너무 많습니까? 그럼 사람을 더 고용해서라도……."

"아니에요. 다음 주 금요일까지는 정리해서 보고드릴게요."

"그리고 또 하나, 믿을 만한 변호사 혹시 아는 분 없으십니까?"

"변호사요?"

"이젠 저도 법무팀이란 걸 꾸려보려고요. 이번 일을 겪고 보니 확실히 법무팀이 절실하다는 생각이 듭니다. 법무팀을 맡길 만큼 유능하고 믿을 만한 사람을 좀 알아봐 주세요. 이제부턴 아무래도 국제적으로 놀게 될 것 같으니까 그것도 고려하시구요. 가능하면 차 비서님과 친분이 있으신 분이라면 더 좋겠죠. 일하기도 편할 테고."

"네, 알아보겠습니다."

차유경에게 지시를 내린 혁준은 그길로 바로 집으로 돌아왔다.

그때까지도 여전히 화가 풀리지 않은 그였다.

그 지울 수 없는 분노로 스마트폰을 들었다.

그날부터 스마트폰을 끼고 살았다.

차유경이 그가 지시했던 자료들을 가져오자 아예 먹고 자는 것만을 제외하고 스마트폰만 들여다보았다.

그렇게 삼 주 정도가 지났을 때, 혁준이 몇 박스나 되는 자료들을 가지고 진석과 용운을 찾아갔다.

"쭌이 형님. 이게 다 뭐예요?"

"뭘 가져오신 거예요?"

혁준이 한가득 가져온 자료들에 이제 용운과 진석이 기가 질린 표정을 하며 물었다.

혁준이 하나하나 설명했다.

"이건 현도그룹이 현재 가지고 있는 주력 상품들과 그 특허들, 그리고 그 주력 상품들의 5년 후 버전이고, 그리고 이건 앞으로 현도에서 향후 10년 동안 출원될 특허들과 그 특허들로 만들어질 제품들. 그리고 또 이건 한성진의 자동차 공기조화 제어장치의 10년 후 버전."

"……?"

"특허권에 침해 안 되는 선에서 새롭게 특허를 낼 수 있게 니들이 이걸 전부 다 새로 만들어줘야겠다. 이제 니들한테 특허권 회피 설계 정도는 일도 아니잖아?"

"그야 그렇지만… 근데 이걸 전부 다 만들어서 뭐하시게
요?"

"지구상에서 현도라는 이름을 아예 지워 버릴 거야. 한성
진도 같이!"

『세상을 다 가져라』 3권에 계속…

데일리 히어로

FUSION FANTASTIC STORY

인기영 장편 소설

지금까지 이런 영웅은 없었다!

『데일리 히어로』

꿈과 이상을 가진 평.범.한. 고딩 유지웅.
하지만⋯⋯
현실은 '빵 셔틀' 일 뿐.

그러던 어느 날, 유지웅의 앞에 나타난 고양이.
그(?)로 인해 모든 것이 바뀌었다.

선행! 선행! 그리고 또 선행!

데일리 히어로 유지웅의 선행 쌓기 프로젝트!

절정고수들이 하늘 높은 줄 모르고 질주하는 현 세상.
서른여덟 개의 세력이 서로를 견제하는 혼돈의 시대.

그 일촉즉발의 무림 속에
첫 발을 디딘 어린 소년.

"나는 네가 점창의 별이 되기를 원한다."

사부와의 약속을 지키고
난세로 빠져드는 천하를 구하기 위해
작은 손이 검을 들었다!

박선우 新무협 판타지 소설 FANTASTIC ORIENTAL HE

풍운사일

The Record of Dragon's Return

재중 귀환록

푸른 하늘 장편 소설

FUSION FANTASTIC STORY

『현중 귀환록』, 『바벨의 탑』의
푸른 하늘 신작!
이계를 평정한 위대한 영웅이 돌아왔다!

어느 날 갑자기 찾아온 부모님의 죽음.
그리고 여동생과의 생이별.
모든 것을 감당하기에 재중은 너무 어렸다.
삶에 지쳐 모든 것을 포기할 때, 이계에서 찾아온 유혹.

"여동생을 찾을 힘을 주겠어요.
…대신 나를 도와주세요."

자랑스러운 오빠가 되기 위해!
행복한 삶을 위해!

위대한 영웅의
평범한(?) 현대 적응이 시작된다!

용마검전
FANTASY FRONTIER SPIRIT
김재한 판타지 장편 소설

「폭염의 용제」, 「성운을 먹는 자」의 작가 김재한!
또다시 새로운 신화를 완성하다!

「용마검전」

사악한 용마족의 왕 아테인을 쓰러뜨리고
용마전쟁을 끝낸 용사 아젤!

그러나 그 대가로 받은 것은 죽음에 이르는 저주.
아젤은 저주를 풀기 위해 기나긴 잠에 빠져든다.

그로부터 220년 후……

긴 잠에서 깨어난 아젤이 본 것은
인간과 용마족이 더불어 살아가는 새로운 세상이었다.

Book Publishing CHUNGEORAM

류벙이 아닌 자유추구 ~
WWW.chungeoram.com